KB092853

(주)푸른책들은 도서 판매 수익금의 일부를 초록우산 어린이재단에 기부하여 어린이들을 위한 사랑 나눔에 동참합니다.

청소년문학 보물창고 13

그 여름의 끝

초판 1쇄 2007년 7월 30일 | 초판 8쇄 2022년 9월 15일
지은이 로이스 로리 | **옮긴이** 고수미 | **펴낸이** 신형건
펴낸곳 (주)푸른책들 · **임프린트** 보물창고 | **등록** 제321-2008-00155호
주소 서울특별시 서초구 양재천로7길 16 푸르니빌딩 (우)06754
전화 02-581-0334~5 | **팩스** 02-582-0648
이메일 prooni@prooni.com | **홈페이지** www.prooni.com
인스타그램 @proonibook | **블로그** blog.naver.com/proonibook

ISBN 978-89-90794-93-2 04840
*잘못된 책은 구입한 곳에서 바꾸어 드립니다.

이 도서의 국립중앙도서관 출판시도서목록(CIP)은 e-CIP홈페이지(http://www.nl.go.kr/ecip)와
국가자료공동목록시스템(http://www.nl.go.kr/kolisnet)에서 이용하실 수 있습니다.
(CIP제어번호: CIP2007001765)

보물창고는 (주)푸른책들의 유아 · 어린이 · 청소년 도서 전문 임프린트입니다.

그 여름의 끝

로이스 로리 지음 | 고수미 옮김

보물창고

시간이 좀 지나면
나쁜 일보다 좋은 일을 더 자주 기억하게 된다.
텅 빈 침묵은
이야깃소리와 웃음소리로 조금씩 채워지고
뾰족하기만 하던 슬픔의 모서리도
점점 닳아 무뎌진다.

－본문 중에서

1

금을 그은 것은 몰리 언니였다.

언니는 분필로 금을 그었다. 어릴 적 우리가 도시에 살 때 언니와 나는 골목에서 사방치기를 하곤 했는데, 그 때 쓰던 굵고 하얀 분필이었다. 그 분필 조각은 아주 오랫동안 방 안을 굴러다녔다.

언니는 내가 작년에 도자기 수업을 받을 때 만든 작은 접시에서 그 분필을 집어 들었다. 그 접시에는 실 한 가닥과 클립 몇 개와 확실하지는 않지만 다 닳은 듯한 건전지도 하나 있었다.

언니는 분필을 들더니 양탄자 위에서부터 곧장 금을 긋기 시작했다. 털이 복슬복슬한 양탄자가 아니었으니 그나마 다행이었다. 그랬으면 절대 금을 긋지 못했을 테니까. 우리가 도시에서 살 때부터 부엌에 깔던 양탄자는 다 닳고 낡아 아주 밋밋했다. 파란 양탄자에 새하얀 선이 그려지기 시작했다.

내가 놀란 눈으로 바라보고 있는 데도 언니는 아랑곳하지 않고 벽까지 금을 죽 긋더니 이어서 파란 꽃무늬 벽지에도 금을 그었다. 언니는 여느 때답지 않게 몹시 화가 나 있었다. 언니는 책상에 올라서서 천장에도 금을 그었고 그 맞은편 벽에도 금을 그은 다음, 자기 침대 위에 서서 그 위 천장에도 금을 그었다. 아주 곧게.

금을 그은 게 언니라서 다행이었다. 내가 그렸더라면 삐뚤빼뚤 엉망이었을 텐데. 언니는 아주 반듯하게 금을 그었다.

금을 다 그은 뒤, 언니는 분필을 다시 접시에 놓고 침대에 걸터앉아 책을 집어 들었다. 책을 읽기 전에 나를 빤히 바라보며 입을 열었다.

"자, 이제 마음껏 어질러도 좋아. 하지만 네 쪽에만 어질러. 이쪽은 내 공간이니까."

나는 그 때까지도 언니가 금을 그었다는 사실을 도저히 믿을 수 없어 입을 벌린 채 놀란 얼굴로 서 있었다.

도시에서 살 때는 언니와 방을 따로 썼다. 그래서 사이좋게 지내지도 않았을 뿐더러 서로 모른 체하고 지낼 때가 더 많았다.

자매란 참 별난 것이다. 뭐, 나와 언니만 해도 그렇다. 아빠는 이렇게 일반화시키는 것은 '비학구적'이라고 말할 것이다.

언니는 나보다 예쁘고 나는 언니보다 똑똑하다.

나는 아주 대단한 사람이 되고 싶다. 어른이 되면 아주 중요한 일을 하고 싶고, 모두가 나를 알아보는 그날을 즐겨 상상한다. 아직은 중요한 일이 어떤 건지 확실히 알 수 없지만, 사람들이 존경 어린 마음으로 내 이름 '메그 찰머스'를 입에 올리게 될 것이다.

한 번은 언니에게 이 얘기를 했더니, 언니가 바라는 것은 결혼을 하고 '몰리 누구누구'나 '누구누구 부인'처럼 지금과 다른 이름으로 불리는 것이라고 했다(*서양에서는 결혼을 하면 남편의 성을 따라 여자 이름이 바뀐다. 이하 *표시 – 옮긴이 주). 또 아이를 낳아서, 그것도 아주 많이 낳아서, 아이들이 사랑스러운 목소리로 "엄마!"라고 부르는 것을 듣고 싶다고 했다.

언니는 느긋하게 그렇게 될 날을 기다린다. 하지만 나는 참을성 없이 조바심을 낸다.

언니는 자신이 바라는 일이 그대로 이루어질 것이라고 믿어 의심치 않는다. 하지만 나는 내 꿈이 접시에 놓인 실 한 오라기나 클립 몇 개처럼 어느 순간 잊혀져버릴까 봐 불안하고 두려워 안절부절못한다. 굳은 결심을 하고도 자신 없어 하는 게 바로 내 방식인 것 같다.

나는 경솔하고, 충동적이고, 가끔 아무것도 아닌 일로 화를 내고, 별것도 아닌 일로 괴로워한다. 하지만 언니는 목표를 아주 분명하게 정하고, 자기가 바라고 기대하는 일을 하나하나 구체적으로 확신한다. 언니는 차분하고, 느긋하고, 자신만만하고, 아주 잘난 체한다.

엄마 아빠가 조화롭고 완벽한 사람이 될 수 있는 모든 자질을 두 딸에게 골고루 물려주면 좋았을 것이라는 생각을 가끔씩 해 본다. 하지만 엄마 아빠가 언니에게 좋은 걸 다 주어버려서 나한테는 그 나머지만 온 것 같다. 물론 이런 생각은 스스로에게 좋지 않다. 내 안의 어딘가, 야망과 꿈과 논리가 자리 잡고 있는 곳에서는 그런 생각이 틀렸다는 것을 너무나 잘 알고 있다.

다른 사람과 방을 같이 쓸 때 가장 힘든 점은 무엇 하나도 숨기기 어렵다는 것이다.

더러운 짝짝이 양말이나 말도 안 되는 시를 쓴답시고 몇 글자 쓰다 구겨 버린 열네 장이나 되는 종이 뭉치 같은 것을 말하는 게 아니다. 언니는 이런 것들 때문에 화를 내며 금을 그었지만.

하지만 나는 사생활에 대해 얘기하는 것이다. 가끔씩 아무 이유도 없이 눈물을 흘리거나, 아무도 없는 곳에서 혼자 곰곰이 생각하거나, 어떤 단어가 어떻게 들리는지 알고 싶어서 큰 소리로 말해 보거나 하는 것들 말이다. 도시에서 살 때 그랬던 것처럼, 문을 꼭 닫고 홀로 그런 일들을 할 수 있는 공간은 정말 중요하다.

우리가 살던 집은 여전히 도시에 있고 아직도 우리 집이지만 지금은 다른 사람들이 그 집에 살고 있다. 어느 때는 이 생각을 너무 많이 해서 배가 아프기도 한다.

내 방에는 빨간색과 하얀색 체크무늬 벽지가 발라져 있었다. 나는 창가 쪽 벽지 귀퉁이에다 매직으로 오목을 두었다. 그 귀퉁이에서 보드게임도 했다. 이것들은 모두 나 자신을 상대로 하는 게임이라서 재미만 있으면 됐지, 이기고 지는 것은 문제가 되지 않았다.

도시에 있는 집 건너편에는 벽돌로 된 높다란 대학교 시계탑이 있었다. 모두 잠든 시간에 깨어 있으면 시간마다 울리는 종소리를 들을 수 있었다. 종소리가 뚜렷이 들려 와서, 나는 어둠 속에서도 담쟁이로 뒤덮인 시계의 숫자판을 또렷하게 떠올릴 수 있었다. 아무것도 없는 허허벌판에서 살게 된 뒤로 내가 가장 그리워하는 것이 바로 시계 종소리이다.

나는 조용한 것을 좋아한다. 하지만 여기는 너무 조용하다. 밤에 깨어 있을 때 들리는 것은 옆 침대에서 언니가 숨쉬는 소리뿐이다. 길에는 차도 거의 다니지 않고, 시계가 종치는 소리도 들리지 않고, 그래서 시간이 얼마나 되었는지 가늠할 수조차 없다. 그저 고요하고 쓸쓸하기만 하다.

그 고요함 때문에 우리는 이 곳에 왔다.

대학교 측에서는 아빠에게 올 한 해 동안 책을 쓸 시간을 주었다. 아빠는 서재 문을 닫고 책을 쓰는 데 매달렸다.

아빠가 공식적으로 가르치는 일을 쉬고 있는데도 학생들은 끊임없이 우리 집을 들락거렸다. 학생들은 머쓱한 얼굴로 현관에 서서 "찰머스 교수님 좀 뵈러 왔는데요."라고 말했다. 그러면 엄마는 "교수님은 바빠서 못 만나요."라고 말했고, 곧이어 이층에서 "들어오라고 해요, 여보. 나도 커피 좀 마시면서 쉴 참이었으니까."라고 말하는 아빠 목소리가 들렸다.

학생들은 집 안으로 들어와 커피를 마시면서 아빠와 몇 시간씩 이야기를 나누었다. 그러다 보면 아빠가 학생들에게 저녁을 같이 먹자고 권했다. 그 말에 엄마는 부랴부랴 냄비에 국수를 더 삶고, 샐러드에 넣을 야채도 더 씻고, 스튜에 넣을 당근도 얼른 더 깎았다. 다들 어찌나 말이 많은지 밥 먹는데만 몇 시간씩 걸렸고, 결국 아빠는 포도주 병을 따야 했다.

학생들은 종종 밤이 아주 깊어서야 돌아가곤 했다. 그럴 때면 나는 침대에 누워 시계 종소리에 귀를 기울이며 학생들이 현관에서 인사하다가 아빠의 농담에 웃음꽃을 피우는 소리를 들었다. 학생들은 묻고 싶은 게 아직도 남았는데 토론이 끝나 버려서 못내 아쉽다는 듯 머뭇거리며 인사했다. 그 다음에는 엄마 아빠가 이층 침실로 올라가는 소리가 들렸고, 이어서 "여보, 이 책을 끝낼 기미가 안 보여."라고 아빠가 말하는 게 들렸다.

아빠가 쓰고 있는 책 제목은 '반어법의 변증법적 통일'이다. 어느 날 밤, 저녁을 먹으며 아빠가 아주 자랑스럽게 책 제목을 말했다. 그러자 엄마가 "그걸 빨리 세 번 말할 수 있어요?"라고 물었다. 언니와 내가 해 보려고 했지만 혀가 꼬여 깔깔대고 웃을 수밖에 없었다. 아빠는 굳은 표정으로 "아주 중요한 책이 될 거야."라고 대꾸했다. 언니가 "제목이 뭐라고요?"라고 묻자 제목을 다시 말하다가 아빠 혀도 꼬여 버렸고, 결국 아빠도 배꼽이 빠지게 웃고 말았다.

한번은 아빠가 내게 책 제목이 무슨 뜻인지 설명해 주려고 애쓰다가 두 손을 들어 버린 적도 있다. 언니는 책 제목을 아주 잘 이해한다고 말했지만 나는 언니가 그냥 아는 체한 것뿐이라는 것을 다 안다.

추수감사절이 되기 전 주 토요일에 아침을 먹고 있을 때, 엄마 아빠는 우리에게 도시를 떠나 이사를 가게 될 것이라고 말했다. 나는 무슨 일이 벌어지고 있다는 것을 이미 눈치채고 있었다. 엄마는 전화기를 붙들고 수다를 떠는 편이 아닌데 그 주에는 일 주일 내내 전화기를 붙들고 있었기 때문이다.

"집을 찾았어."

엄마는 엄마 아빠의 컵에 커피를 따르며 말했다.

"시골이라서 아빠가 평화롭고 조용하게 지내실 수 있을 거야. 정말 예쁜 집이란다, 얘들아. 1840년에 지어졌는데 부엌에는 커다란 벽난로도 있어. 넓은 숲과 들판으로 둘러싸여 있고 바로 앞에는 시골길이 나 있단다. 여름에는 텃밭에 채소도 키울 수 있을 거야."

여름이라니.

언니도 나와 똑같은 생각을 하고 있었을 것이다. 우리는 엄마가 한 달쯤 아니면 늦어도 크리스마스 방학이 끝날 때까지만 있을 집을 얘기하는 줄 알았다. 그런데 여름이라니. 이제 막 11월이 되었는데.

우리는 입을 다물지 못하고 바보처럼 멍하니 앉아 있었다. 나는 그 집에서 태어났고 거기서 13년을 살았다. 그런데 엄마 아빠는 그 집을 뒤로 하고 이사를 간다는 것이다. 나는 아무 말도 할 수 없었다. 하긴 내가 말이 없는 건 그리 드문 일이 아니다.

"학교는 어떡하고요?"

나와 달리 몰리 언니는 늘 뭔가 할 말이 있다.

"너희는 버스를 타고 매콰호크 밸리 통합학교(*이웃한 지역이 공동으로 세운 학교)에 다니게 될 거야. 좋은 학교란다. 버스로 20분밖에 안 걸린대."

엄마가 대답했다.

"그걸 빨리 세 번 말할 수 있니? 매콰호크 밸리 통합학교라고?"

아빠가 씩 웃으며 말했다.

하지만 우리는 입을 꾹 다물고 있었다.

통합학교라니. 나는 통합학교가 어떤 학교인지 몰랐다. 솔직히 그 이름은 꼭 설사가 나올 것같이 들렸다.

어쨌든 내 관심사는 학교가 아니었다. 나는 목요일 오후에 있는 미술반을 떠올리고 있었다. 몇 주 내내 수채화 수업만

하다가 이제 유화를 배우게 되었는데. 또 토요일 아침에 있는 사진반 생각도 머리를 스쳤다. 사진반에서 유일한 여학생인 나는 얼마 전 해질녘을 배경으로 시계탑을 찍어 남자 애들 여덟 명을 제치고 '이 주의 최고 사진 상'을 받았다.

나는 시골로 이사 간 다음에는 미술반과 사진반을 어떻게 하냐고 묻지 않았다. 묻지 않아도 뻔하니까.

"아빠, 전 이제 막 치어리더가 되었다고요!"

언니는 뾰로통한 얼굴로 따지듯이 말했다.

세상에, 아빠에게 저렇게 못되게 굴다니. 아빠가 예쁜 언니를 얼마나 자랑스럽게 여기는데. 언니가 열다섯 살이 된 뒤 갑자기 남자 친구를 사귀기 시작했을 때도, 아빠는 조금 당황하긴 했지만 여전히 언니를 대견스러워 했다. 가끔씩 아빠는 언니를 놀라거나 자랑스러운 얼굴로 바라보며 고개를 젓는다.

하지만 아빠에게도 정해 놓은 우선순위가 있다. 언니가 말을 꺼내자마자, 아빠는 커피 잔을 탁 내려놓더니 언니를 보며 눈살을 찌푸렸다.

"치어리더가 가장 중요한 게 아니잖니."

그게 다였다.

이미 결정이 났기 때문에, 더 이상 이러쿵저러쿵 투덜대거나 소란을 피울 일이 없었다.

어쨌든 너무 바빴다. 우리는 추수감사절도 그냥 지나가다시피 했다. 집에 가지 못한 학생들 다섯 명이 추수감사절에 우리와 함께 지내기로 하는 바람에, 엄마가 칠면조 요리를 한 게 전부였다.

우리는 그 날 내내 짐을 쌌다. 우리 집에 온 학생들은 책을 상자에 담는 것을 도와 주었고, 엄마를 도와 그릇 같은 부엌 살림도 쌌다.

나는 그 주 내내 혼자서 짐을 꾸렸다. 한 번도 쓰지 않은 새 유화물감을 상자에 담다가 나는 엉엉 울어 버렸다. 한 달 전, 열세 번째 생일 선물로 받은 것이다. 사진기를 싸면서도 울었다. 그래도 이런 것들, 내가 가장 아끼는 것들은 가져갈 수라도 있지.

몰리 언니는 파란색과 하얀색이 섞인 치어리더 옷을 예비 치어리더에게 줘야만 했다. 리사 홀스테드는 서운하고 아쉬운 척하긴 했지만, 누가 보아도 거짓이라는 게 빤했다. 리사는 얼른 집에 돌아가 그 주름치마를 입어 보고 싶어 안달을 했으니까.

이 모든 게 겨우 한 달 전 일이다. 하지만 백 년은 지난 것 같다.

이상하게도 집은 지어진 지 얼마나 되었느냐에 따라 다르다. 나한테는 그리 놀라운 얘기가 아니다. 사람도 나이에 따라 크게 다르기 때문이다. 나와 언니처럼.

언니는 열다섯 살인데, 열다섯이란 나이는 엄마 몰래 눈화장을 하고 거울 앞에서 머리를 갖가지 모양으로 바꾸며 시간을 보낸다는 것을 뜻한다. 또 거울 앞에 모로 서서 자기 모습을 살펴보기도 하고 밤마다 전화기를 붙들고 친구와 수다를 떤다는 것을 뜻한다. 물론 그 친구들의 대부분은 남자 애들이다. 언니는 전학 온 지 이틀 만에 새 친구를 사귀었고, 그 이틀 뒤에 남자 친구를 사귀었고, 그 다음 주에 예비 치어리더가 되었다.

나? 나는 겨우 두 살밖에 어리지 않은데 언니와 정말 많이 다르다. 왜 그런지는 모르겠다. 물론 신체적으로도 좀 다르다. 거울 앞에 비스듬히 서서 보면, 내 모습은 앞뒤가 별로 다를 게 없다. 물론 나는 이 사실이 아무렇지도 않다. 게다가 나는 하고 싶어도 눈 화장을 할 수 없다. 안경을 써야 하니까. 이런 것들이 신체적으로 다른 점이다.

하지만 진짜 다른 점은 내가 그런 것들에 별 관심이 없다는 것이다. 나도 두 살을 더 먹으면 그런 것들에 관심이 생길까? 아니면 지금 나는 마음이 있으면서도 아닌 체하는 걸까?

나도 잘 모르겠다.

친구는? 글쎄.

통합학교에 처음 간 날이었다. 첫 수업 시간에, 선생님이 "마가렛 찰머스."라고 내 이름을 불렀다. 내가 "그냥 '메그'라고 불러 주세요."라고 말하자, 교실 구석에 있던 남자 애가 "너트메그(*육두구. 향신료의 하나)!"라고 큰 소리로 외쳤다. 3주가 지난 지금, 매콰호크 밸리 통합학교에는 나를 '너트메그 찰머스'라고 부르는 사람이 323명 있다. '그런 친구들은 있으나 마나.'라는 옛말이 딱 맞다.

참, 내가 진짜 하려던 얘기는 집의 나이이다.

엄마가 말했듯이, 이 집은 1840년에 지어졌다. 그러니까 거의 140살이나 먹었다. 도시에 있는 우리 집은 50살이다. 도시에 있는 집이 지금 사는 집과 다른 점은 넓고, 벽장과 계단과 창문이 아주 많고, 다락방같이 혼자 숨어 있기에 딱 좋은 공간이 많다는 것이다. 다락방으로 올라가는 계단 끝에 있는 작은 벽장은 나만의 공간이었다. 내가 사진이나 수채화를 벽에 압정으로 꽂아 놓아도 구멍을 낸다고 나무라는 사람이 아무도 없었다.

나는 이런 공간에서 혼자만의 비밀을 갖는 게 중요하다고 생각한다. 한번은 언니에게 이 얘기를 한 적이 있는데, 언니는 이해하지 못했다. 언니는 뭐든지 다른 사람과 함께하는 것을 좋아한다. 그래서 치어리더가 좋다고 했다. 관중들을 향해 두 팔을 쭉 뻗으면 환호를 받을 수 있으니까.

여기, 시골에 있는 집은 아주 작다. 옛날에는 난방을 하는 게 어려웠기 때문에 집을 작게 만들었다고, 아빠가 설명해 주었다. 천장은 낮고, 창문은 조그맣고, 계단은 꼭 작은 터널 같다. 제대로 된 게 하나도 없다. 마루는 비스듬하게 기울어져 있고, 소나무 널빤지 사이로 구멍도 숭숭 나 있다. 문을 닫으면 늘 저절로 다시 열린다. 문이 잘 닫힌다고 해도 달라질 것은 없다. 사생활을 누릴 수 있는 공간이 아예 없으니까. 혼자 쓰는 방도 아닌데 성가시게 문을 꼭 닫을 필요가 있겠는가.

이 집에 처음 왔던 날, 나는 도착하자마자 빈 집으로 뛰어들어갔다. 다른 식구들은 이삿짐차가 눈 덮인 진입로를 따라 들어오는 것을 돕기라도 할 것처럼 앞마당에 서 있었다.

나는 계단을 올라가서 이층을 둘러보았다. 침실이 세 개 있었다. 두 개는 큰 방이었고, 좁은 복도 안쪽으로 작은 방이 하나 있었다.

작은 방은 천장이 비스듬하게 기울어져 끝이 거의 마루에 닿을 정도였다. 길쭉한 창문으로 집 뒤편 숲 너머까지 보였다. 노란 벽지는 낡고 바랬지만 작은 초록빛 잎사귀무늬가 남아 있었다. 그 방은 내 침대와 책상과 책꽂이와 잡동사니 몇 개만 들어갈 만했다. 내 방으로 딱 알맞았다.

나는 그 방 창가에 서서 한참 동안 숲을 내려다보았다. 마당을 가로질러 집 왼편으로 멀리, 또다른 집 한 채가 보였다. 빈 집이었다. 칠은 다 벗겨졌고 어떤 창문은 깨져서 검은 눈동자처럼 어두컴컴했다.

작은 방의 길쭉한 창문은 마치 그림 액자 같았다.

나는 창가에 서서 아침마다 이 방에서 잠이 깨는 모습을 상상했다. 날마다 새롭게 바뀔 창 밖의 풍경도 마음 속으로 그려 보았다. 눈이 더 쌓이겠지. 얼마 남지 않은 나뭇잎도 다 떨어지고 바람에 날아가겠지. 처마 밑에는 고드름이 주렁주렁 매달리겠지. 그러다가 봄이 오면 얼어붙었던 만물이 녹고 모든 게 푸르게 바뀌겠지. 봄이 되면 토끼가 우리 집 마당에 놀러올지도 몰라. 야생화도 피어나겠지. 어쩌면 누군가 저 멀리 있는 빈 집에 이사 올지도 몰라. 그러면 어두운 창문에도 밤마다 불이 켜지겠지.

나는 아래층으로 내려왔다. 엄마가 텅 빈 거실에 서서 도시에 있는 집에서 가지고 온 커다란 소파를 어디에 놓을까 고민하고 있었다. 아빠와 언니는 밖에서 이삿짐을 옮기는 일꾼들이 눈길에 미끄러지지 않도록 진입로에 소금을 뿌리고 있었다.

"엄마, 작은 방이 내 방 맞죠?"

엄마는 하던 일을 멈추고 잠깐 동안 이 집의 구조를 생각했다.

"작은 방은 아빠 서재로 쓸 거야. 거기서 아빠가 책을 끝내실 거란다. 너는 몰리랑 복도 끝에 있는 큰 방을 쓰렴. 예쁜 파란색 꽃무늬 벽지를 바른 방이야."

엄마가 나를 꼭 껴안으며 말했다.

엄마는 언제나 적절한 몸짓으로 일을 해결할 줄 안다. 꼭 안아 주거나, 맞은편에서 잽싸게 입맞춤을 날려 보내거나, 손을 흔들어 보이거나, 윙크를 해 보이거나, 살짝 웃어 보이기도 한다. 가끔은 그게 효과가 있다.

나는 다시 이층으로 올라가서 혼자 쓰지 못하는 큰 방에 가 보았다. 창문으로 숲이 보였고 빈 집도 살짝 보였다. 집 옆에 있는 다 쓰러져가는 커다란 잿빛 헛간 때문에 가려서 안 보이는 것도 있었다. 작은 방과 똑같지는 않았다. 아무리 내가 뭐든지 좋게 만드는 선수라고 해도 전망을 똑같이 만들 수는 없었다.

딱 한 달이 지났을 뿐인데, 그새 이 집은 사람이 사는 집

같아졌다. 이틀만 지나면 크리스마스이다. 따스한 집안은 벽난로에서 장작이 불똥을 튀기며 타는 소리와 아빠가 이층에서 타자를 치는 소리로 가득하다. 겨울답게 젖은 장화를 말리는 냄새도 나고 엄마가 호박파이와 생강 과자를 만들고 있어서 계피 향도 솔솔 풍긴다.

그런데 지금, 두 팔을 뻗어 다른 사람과 함께하는 것을 가장 좋아하는 언니가 금을 그었다. 내가 언니를 보고 웃는 얼굴로 칭찬해 주는 다른 사람들처럼 굴지 않기 때문이다.

2

여기서도 좋은 일들이 일어나고 있다. 그래서 조금 놀랍기도 하다. 이 곳에 처음 왔을 때는 아무리 외로워도 일 년은 꼭 참고 견디는 수밖에 없다고 생각했다. 여기선 정말 아무 일도 생기지 않을 것 같았다.

하지만 우리 식구 모두에게 좋은 일이 생기고 있다.

엄마한테는 이런 말이 별로 어울리지 않는다. 왜냐하면 엄마는 항상 뭐든지 좋게 생각하니까. 언니는 엄마를 많이 닮았다. 둘 다 정말 대단한 일이 생기기라도 한 것처럼 열을 내고 흥분할 때, 그게 무슨 일인지 궁금해서 하던 일을 멈추고 가 보면 아무 일도 아닐 때가 많다.

예를 들면 엄마는 부엌 창문 밖에 새 모이통을 걸어 두고 아침마다 신선한 새 모이를 놓아 준다. 2분 뒤에 새 한 마리가 와서 아침을 먹으면 엄마는 벌떡 일어나 "쉿!" 하고 우리를 조용히 시키며 가만히 바라본다. 어제 400마리나 되는 새들이 왔다 갔다는 것을 잊어버린 것 같다. 부엌에 둔 화분에서 싹이 하나만 돋아도, 엄마는 아기라도 태어난 양 떠들썩하게 그 소식을 알린다. 그래서 엄마한테는 늘 좋은 일만 있는 것처럼 보인다.

나는 아빠를 닮았다. 아빠는 정말 좋은 일이 생기기를 기다리는 편이다. 작은 일에 기뻐하다가 더 크고 좋은 일을 놓칠까 봐 걱정한다. 하지만 아빠가 책을 쓰는 일은 잘 되어 가고 있고, 아빠는 그게 다 여기로 이사 왔기 때문이라고 했다.

아빠는 아침마다 작은 방으로 가서 방문을 닫고, 일하는 동안 문이 저절로 열리지 않도록 문에 벽돌 한 장을 기대 놓는다. 아빠는 나와 언니가 네 시쯤 학교에서 돌아왔을 때까지도 여전히 그 곳에 있다. 엄마는 아빠가 하루 종일 방에서 나오지 않거나 가끔 부엌에 나타나더라도 아무 말 없이 커피만 한 잔 따라서 다시 위층으로 올라가 버린다고 했다. 그런 모습이 꼭 몽유병 환자 같다고 했다.

아주 빠르게 타자를 치는 소리가 들린다. 이따금 아빠가 종이를 찢거나 구기는 소리도 들리고, 그런 다음엔 새 종이를 말아 끼우고 탁탁 타다닥 타자를 치는 소리가 다시 들린다.

아빠는 혼잣말도 한다. 문 안쪽에서 아빠가 중얼거리는 소리가 들릴 때도 있는데, 그것은 좋은 징조이다. 아빠가 조용할 때는 일이 잘 풀리지 않는 것이다. 우리가 여기 온 뒤로는 줄곧 작은 방에서 아빠가 중얼거리는 소리가 들린다.

어제 저녁을 먹으러 내려왔을 때, 아빠는 골똘히 생각에 잠긴 얼굴로 저녁을 먹다가 이따금 혼자 씩 웃었다. 나와 언니는 학교에서 있었던 일을 얘기했고, 엄마는 시골에 있는 동안 언니와 내가 어렸을 때 입던 옷가지들을 잘라 조각보 이불을 만들 것이라고 말했다.

우리는 옛날에 입던 드레스 이야기를 하기 시작했다. 나는 이제 더 이상 드레스를 입지 않는다. 지난 2년 동안 청바지만 입고 다녔다. 하지만 언니는 그렇지 않다.

"그 보기 싫은 드레스 기억나? 나비무늬가 있었잖아. 내가 여섯 살 생일에 입었던 건데."

언니가 말했다.

나는 기억나지 않았지만 엄마는 기억하고 있었다.

"몰리야, 그건 정말 예쁜 드레스였어. 그 나비들은 모두 손으로 직접 수를 놓은 거야! 이 조각보 이불에서도 아주 특별한 자리에 들어갈 거란다."

엄마는 소리 내어 웃으며 대꾸했다.

아빠는 한 마디도 듣고 있지 않은 채 얼굴에 보일 듯 말 듯 한 웃음을 띠고 앉아 있다가 갑자기 말문을 열었다.

"여보, 콜리지(*영국의 시인 겸 평론가)에 대해 뭔가 떠올랐어!"

아빠는 벌떡 일어나더니, 먹다 만 사과파이를 반이나 남겨 두고는 한 걸음에 두 계단씩 성큼성큼 뛰어올라 작은 방으로 들어가 버렸다. 곧이어 타자기가 탁탁 소리를 내기 시작했다.

엄마는 조금 엉뚱하면서도 사랑스러운 모습을 볼 때면 어김없이 보이는 특별하고 다정한 눈길로 계단을 올라가는 아빠의 뒷모습을 바라보았다.

엄마는 예전의 아빠 모습이 떠오르는 듯 소리 없이 웃고 있었다. 오늘날의 아빠가 있기까지 지난 시절을 모두 꿰뚫어 보고 있는 것처럼 다 안다는 표정이었다.

엄마는 아빠를 볼 때마다 처음 만났던 학창 시절을 돌아보는 것 같다. 아빠가 지금처럼 진지하고 잘 잊어버리고 아주 상냥하지만 지금과는 달리 훨씬 젊었을 때를 말이다.

엄마가 나를 기억에 떠올릴 때는 온갖 좌절과 당혹감이 얽혀 있다. 나는 결코 '쉬운' 아이가 아니었으니까. 내 기억에도, 나는 따지고 대들고 불같이 화를 내는 아이였다. 그러나 그럴 때도 엄마는 그 모든 것을 뒤로 하고 여전히 나를 아끼는 눈길로 바라보았다.

엄마가 언니를 볼 때는? 엄마는 언니도 똑같은 눈길로 바라보았다. 하지만 엄마 얼굴에는 좀더 미묘한 감정이 담겨 있다. 엄마는 몰리 언니를 보면서 훨씬 더 오래 전, 엄마의 어린 시절로 거슬러 올라가는 것 같다. 언니는 엄마를 꼭 닮았다.

누구라도 자기가 다시 자라고 있는 모습을 보게 되면 당황스러울 것이다. 꼭 망원경을 들여다보는 것처럼, 아주 멀리 떨어진 곳에서 자기가 자라는 모습을 직접 지켜 보는 것 같을 것이다. 거리가 너무 멀어서, 망원경을 들고 있는 사람은 보고 웃고 기억하는 것 외에는 달리 아무 일도 할 수 없다.

몰리 언니한테는 남자 친구가 있다.

예전부터 늘 남자 애들은 언니를 좋아했다. 언니가 어렸을 때는 이웃집 남자 애들이 와서 언니 자전거를 고쳐 주곤 했다. 그 애들은 언니에게 자기 스케이트를 빌려 주었고, 언니가 무릎을 긁혔을 때는 언니를 집에 데려다 주고는 언니가 반창고를 붙이는 동안 걱정스러운 얼굴로 옆에서 기다렸다. 또 할로윈데이 때 받은 사탕을 언니에게 나눠 주었다. 2주쯤 지난 뒤 내가 종이 봉지를 바닥까지 뒤져서 찾은 말라비틀어진 사과를 먹으려고 할 때, 언니에게는 남자 애들이 준 막대 초콜릿이 잔뜩 남아 있었다.

언니같이 생긴 여자 애를 남자 애들이 어떻게 좋아하지 않고 배길 수 있을까? 나는 언니와 13년 동안 같이 살았기 때문에 언니의 외모에 익숙해져 있다. 하지만 나도 가끔은 넋을 잃고 언니를 바라보곤 한다.

며칠 전 밤, 언니가 벽난로 앞에 앉아 숙제를 하고 있을 때였다. 나는 0보다 작은 수를 물어 보려고 언니를 건너다보았다. 벽난로 불빛이 언니 얼굴을 온통 금빛으로 물들이고 있었고, 언니의 금발 머리가 이마와 뺨을 지나 물결치듯 어깨로 흘러내리고 있었다. 잠깐이었지만, 언니는 보스턴에 있는 친구들이 보내 준 크리스마스카드에 그려진 그림과 똑같아 보였다.

그 순간 나는 숨을 쉴 수 없었다. 언니는 숨이 막힐 만큼 아름다웠다. 언니는 내가 자기를 보고 있다는 것을 눈치채고는 혀를 쏙 내밀었다. 그러자 언니는 다시 그냥 언니로 되돌아왔다.

남자 애들 눈에는 언니가 늘 그렇게 예쁘게 보이는 것 같다.

어느 날부터인가 학교 농구팀 선수이자 학교 회장인 티어니 맥골드릭이 언니 옆에 꼭 붙어 다니기 시작했다. 둘은 늘 같이 다니는데, 언니는 등에 매콰호크 밸리의 약자인 'MV'가 커다랗게 쓰인 티어니의 운동복 윗도리를 입고 있다.

우리 집이 마을과 동떨어진 숲 한가운데 있기 때문에, 둘은 데이트다운 데이트는 하지 못한다. 티어니가 아무리 우리 집까지 차를 몰고 오고 싶다고 해도 아직 운전할 나이가 안 되었기 때문이다. 게다가 오는 길의 절반은 눈이 쌓인 비포장도로이다.

그 대신 티어니는 하루가 멀다 하고 날마다 언니에게 전화를 한다. 언니는 부엌에 딸린 식품 저장고에서 전화를 받는다. 전화선이 부엌을 길게 가로지르기 때문에, 엄마와 나는 저녁을 먹고 난 뒤 그릇을 치우는 동안 전화선을 넘어 다녀야 한다.

엄마는 그게 재미있는 모양이다.

엄마도 머리가 곱슬곱슬하고, 한때는 언니처럼 예뻤을 것이다. 내가 속상한 것은 어쩌면 내 머리카락이 힘줄처럼 뻣뻣하고 곧은데다 안경까지 쓰고 있기 때문일지도 모른다.

아빠는 내가 알지도 못하는 '콜리지'에 매달려 있고, 언니는 티어니 맥골드릭에 빠져 있다. 나는 무엇에도 정신을 쏟고 있지 않지만, 내게도 좋은 일이 일어나고 있다.

나한테도 새 친구가 생겼다.

새해 첫 날이 막 지나고 방학이 끝나기 얼마 전, 나는 산책을 나갔다. 처음 이사 올 때부터 산책을 하려고 마음먹고 있었지만, 이런 저런 일로 너무 바빴다. 우선은 집을 정리하고 학교에 다니느라 바빴고, 그 다음엔 크리스마스, 그 다음엔 크리스마스 분위기를 가라앉히느라 정신이 없었다. 산책할 시간이 도무지 없어 보였다.

하지만 나는 운명에 이끌려 특별한 날에 특별한 산책을 나갔다. 그렇게 생각하고 싶다. 해가 몇 주 만에 잿빛 구름과 눈을 뚫고 나왔다는 것이 마치 계시처럼 여겨졌다.

나는 카메라를 갖고 나갔다. 시골에 와서 처음으로 카메라를 꺼내 든 날이었다.

나는 따뜻한 오리털 잠바를 껴입고 무거운 장화를 신고 우리 집 앞으로 난 흙길을 걸어 내려갔다. 나는 우리 집 이층 창문에서 들판 너머로 보이는 빈 집 쪽으로 걸어갔다.

수북이 쌓인 눈 때문에, 빈 집에 가까이 다가갈 수 없었다. 그 집은 길에서 멀리 떨어져 있는데다가, 그 집 오른편에 있는 좁은 진입로에는 눈이 치워져 있지 않았다. 나는 진입로 가까이 선 채 추워서 발을 동동 구르며 한참 동안 빈 집을 바라보았다.

그 집이 아주 정직하고 친절한 장님 같다는 생각이 들었다. 얼토당토않은 이야기라는 것은 나도 잘 안다. 하지만 그 집은 아주 반듯하고 네모난 게 정말 정직해 보였다.

아주 오래 된 집이었다. 집 가운데 우뚝 솟은 굴뚝과 다른 것들을 보니, 이 집을 지은 방식이 우리가 사는 오래 된 집과 비슷했다. 이 집의 네 귀퉁이는 떡 벌어진 어깨처럼 아주 반듯했다. 기울어진 것은 하나도 없었지만 페인트칠도 되어 있지 않고 낡은 판자가 하나같이 비바람에 잿빛으로 바래 있는 초라한 집이었다.

그래서 그 집이 따뜻해 보였다. 초라하고 칠도 되어 있지 않지만 그런 것에 마음을 쓰지 않아 보였기 때문이다. 오히려 그런 모습을 자랑스러워하는 것 같기도 했다. 눈먼 사람처럼 주변을 둘러보지도 않았다. 텅 빈 창문은 컴컴했지만 무서워 보이지는 않았다. 그저 무언가를 기다리며 생각하고 있을 뿐이었다.

나는 길에서 빈 집 사진을 두어 장 찍고 다시 걸음을 옮겼다.

우리 집에서 1.5킬로미터쯤 더 가면 흙길이 끝난다는 것을 알고 있지만 한 번도 끝까지 가 본 적은 없었다. 학교 버스는 우리 집 앞에서 돌아 나가고 이따금 고물 트럭 한 대가 지나 다닐 뿐 이 길로 다니는 차는 하나도 없었다.

그 길 끝에, 바로 그 트럭이 세워져 있었다. 비바람에 시달린 아주 작은 집 앞이었다. 그 집은 빈 집의 멀고 더 가난한 친척으로 보였다. 늙고 약하지만 아주 위엄 있는 친척.

굴뚝에서는 연기가 나고 있었고 문 양쪽으로 나 있는 작은 창문에는 커튼이 쳐져 있었다. 내가 가까이 다가가자, 마당에 있던 개 한 마리가 꼬리로 눈 더미를 탁탁 쳐 댔다. 그리고 트럭 옆에, 아니, 정확히는 트럭 안에 그러니까 보닛 아래에 어떤 남자가 머리를 들이밀고 있었다.

"안녕하세요."

나는 큰 소리로 인사했다.

그대로 아무 말 없이 돌아서서 집으로 와 버렸으면 좀 우스꽝스러웠을 것이다. 낯선 남자와는 절대로 말을 하지 않겠다고 엄마 아빠와 단단히 약속을 하긴 했지만.

그 사람이 머리를 밖으로 내밀었다. 빨간 모자 밑으로 희끗희끗한 머리가 보였다.

"찰머스 양이구만. 여기까지 찾아오다니 반가워요."

할아버지가 인자하게 웃으며 말했다.

"메그라고 부르세요."

나도 모르게 말이 나왔다.

조금 당황스러웠다. 내가 누군지 어떻게 알았을까? 우리 이름은 우편함에도 쓰여 있지 않은데.

"마가렛을 뜻하는 메그?"

할아버지가 다가와 내 손을, 아니 내 벙어리장갑을 덥석 잡더니 악수를 했다. 벙어리장갑이 기름때로 더러워졌다.

"미안하구나. 내 손이 지저분해서. 추운 날에는 자동차 배터리가 나가 버리거든."

"어떻게 아셨어요?"

"메그가 마가렛을 뜻한다는 걸 어떻게 알았냐고? 그야 마가렛이 우리 집사람 이름이었으니까. 그래서 내가 가장 좋아하는 이름이기도 하지. 아무렴, 그렇고말고. 가끔씩 집사람을 메그라고 불렀단다. 나만 그렇게 불렀지."

"학교에서는 저를 너트메그라고 불러요. 할머니를 너트메그라고 부른 사람은 없었겠죠?"

할아버지가 껄껄 웃었다.

푸른 눈이 참 보기 좋았다. 웃을 때마다 얼굴 주름이 움직이며 새로운 무늬를 만들었다.

"그래, 없었단다. 하지만 그랬더라도 집사람은 싫어하지 않았을 거야. 너트메그는 집사람이 가장 좋아하는 양념이었거든. 사과파이에 꼭 넣곤 했지."

"하지만 '어떻게 아셨어요?'라고 물은 건, 제 성이 찰머스라는 걸 어떻게 아셨느냐는 거였어요."

할아버지는 트럭 손잡이에 걸어 둔 기름투성이 걸레에 손을 닦았다.

"이런, 내가 누군지 아직 말을 안 했구나. 미안하다. 나는 윌 뱅크스란다. 여기 서 있기엔 너무 춥지 않니? 보나마나 네 발가락도 곱았을 거야. 아무리 장화를 신었어도 말이다. 들어가자, 내가 차를 끓여 주마. 그리고 어떻게 네 이름을 알고 있는지도 말해 주마."

그 순간, 나는 마음 속으로 엄마에게 "그래서 그 남자 집으로 들어갔어요."라고 말하는 장면이 떠올랐다. 그리고 엄마가 "집에 들어갔다고?"라며 놀라는 모습도 그려졌다.

"난 일흔 살이나 먹었단다. 너처럼 예쁜 아가씨에게라도 엉뚱한 생각을 손톱만큼도 품지 않아. 어서 들어가서 나랑 말동무나 하면서 몸을 좀 녹이자꾸나."

할아버지는 내가 머뭇거리는 것을 보고 웃으며 말했다.

나는 소리 내어 웃었다.

내가 무슨 생각을 하는지 알아차리다니. 지금까지 내 생각을 아는 사람은 거의 없었다.

그래서 나는 그의 집으로 들어갔다.

아주 작고 오래 된 집이라서 밖에서 볼 때는 금방이라도 내려앉을 것 같았다. 이 집 트럭도 낡기는 마찬가지여서 언제라도 폭삭 주저앉을 것처럼 보였다. 나이가 든 건 할아버지도 똑같았지만 쓰러질 것 같지는 않았다.

그런데 세상에! 안으로 들어가 보니, 집은 밖에서 볼 때와는 딴판으로 아주 아름다웠다. 모든 것이 잘 어우러져 있어서 내가 그림을 그리며 꿈꾸었던 상상 속의 집 같았다.

1층은 공간이 둘로 나눠져 있었다. 좁은 현관 한쪽으로 거실이 있었다. 거실 벽은 하얗고 바닥에는 파란 동양산 양탄자가 깔려 있었다. 커다란 벽난로 위에는 복제품이 아닌 진짜 그림이 걸려 있었다. 반질반질 윤이 나는 소나무 탁자 위에는 은빛으로 반짝거리는 물 주전자가 놓여 있었고, 큰 서랍장에는 빛나는 놋쇠 손잡이가 달려 있었고, 안락의자에는 손으로 짠 레이스가 씌워져 있었다. 엄마도 가끔 코바늘로 레이스를 뜨기 때문에 수제품이라는 것을 알 수 있었다. 햇빛이 작은 창문에 드리운 커튼 사이로 쏟아져 들어와 양탄자와 의자에 무늬를 이루고 있었다.

다른 한쪽에는 부엌이 있었다. 할아버지는 내게 거실을 보여 준 뒤 부엌으로 갔다. 난로에서는 장작이 타고 있었고 그 위에 놓인 놋쇠 주전자가 김을 내뿜고 있었다. 둥근 소나무 식탁에는 손으로 짠 파란 받침이 놓여 있었다. 식탁 한가운데에는 파랗고 하얗게 칠해진 그릇이 있었는데, 그 안에 사과 세 알이 담겨 있는 모습이 꼭 정물화를 보는 것 같았다. 모든 것이 제자리에 놓여 있었고 잘 닦여서 윤이 났다.

유치원에서 부르던 노래가 생각났다. 아이들은 자리에 앉아 깍지 낀 두 손을 무릎 위에 올리고 "우리 모두 밝게 빛나는 얼굴로 자리에 앉아 있네."라는 노래를 부르곤 했다.

마음 속으로 노래 가사가 떠오르며 다섯 살짜리 아이들이 노래하는 귀여운 목소리가 귓가에 맴돌았다. 즐거운 기억이었다.

할아버지네 집은 옛날의 좋은 추억처럼 따뜻했다. 집안 살림들이 저마다 자기 자리에서 소리 없이 웃음 짓고 있는 집이었다.

할아버지는 내 잠바를 받아서 자기 외투와 함께 걸어 놓고는 두툼하고 커다란 도자기 컵에 차를 따랐다. 우리는 소나무 식탁에 앉았다. 소나무는 오래 되어 반들반들했고 햇빛을 받아 은은한 금빛으로 빛났다.

"복도 안쪽에 있는 작은 방이 네 거니?"

할아버지가 물었다.

어떻게 작은 방을 알고 있을까?

"아니요. 저도 그 방을 쓰고 싶었어요. 정말 저한테 딱 맞는 방이거든요. 그 방에서는 들판 건너편에 있는 빈 집도 보여요."

할아버지는 그 집을 알고 있다는 듯 고개를 끄덕였다.

"하지만 아빠가 그 방을 쓰세요. 아빠는 책을 쓰고 있거든요. 그래서 저는 언니랑 같이 큰 방을 쓰고 있어요."

"그 작은 방은 내 방이었단다. 내가 어렸을 때 쓰던 방이지. 아빠가 방을 비우거든 들어가서 벽장 안을 들여다보렴. 벽장 바닥에 내 이름이 새겨져 있는 게 보일 게다. 아무도 바닥을 다시 손질하지 않았다면 말이야. 우리 어머니는 바닥에 흠집을 냈다고 내 볼기를 때리셨지. 내가 여덟 살 때였는데, 누나한테 못되게 굴었다고 벽장에 갇혀 있었거든."

"우리 집에 살았다고요?"

내가 깜짝 놀라 물었다.

할아버지는 다시 껄껄 웃었다.

"이런, 네가 내 집에 살고 있는 거란다. 우리 할아버지가 지은 집이거든. 할아버지는 들판 맞은편에 있는 집을 먼저 짓고 그런 다음 한 채 더 지었지. 그게 지금 네가 살고 있는 집이란다. 그 당시에는 가족끼리 모여 살았거든. 그래서 두 번째 집은 평생 혼자 산 동생을 위해 지은 거란다. 나중에 할아버지는 큰아들인 우리 아버지에게 그 집을 물려주었단다. 나와 내 누이는 둘 다 그 집에서 태어났어."

할아버지는 이야기를 계속했다.

"내가 마가렛과 결혼한 뒤 그 집은 내 집이 되었어. 그 때 마가렛은 열여덟이었지. 우리는 신혼살림을 그 집에서 시작했단다. 내 누이는 이미 결혼해서 보스턴으로 떠난 다음이었어. 지금은 죽었지만. 부모님도 물론 두 분 다 돌아가셨지. 마가렛과 나 사이에는 자식이 없었어. 그래서 지금은 달랑 나만 남았지. 글쎄, 꼭 맞는 말은 아니구나. 누이가 아들을 하나 낳았으니까. 하지만 그건 또다른 얘기지. 어쨌거나, 여기 이 땅에는 이제 나밖에는 아무도 남지 않았단다. 나는 어렸을 때도, 마가렛과 같이 있을 때도 여기 살았어. 도시에서 일자리를 구해서 돈을 많이 벌고 싶은 생각에 떠나고 싶은 유혹을 느꼈던 때도 있었지만……"

할아버지는 지난날을 돌이키는 듯 담뱃대에 불을 붙이고는 잠시 아무 말도 하지 않았다.

"그래, 이 곳은 내 땅이기 전에 우리 아버지의 땅이었고,

할아버지의 땅이었지. 요즘은 그게 무얼 의미하는지 이해하는 사람이 썩 많지 않아. 그래도 나는 이 땅을 잘 알지. 바위하나, 나무 한 그루까지 다 알고말고. 그것들을 남겨 두고 떠날 수가 없었단다."

할아버지가 말을 이었다.

"이 집은 일꾼들이 살던 집이란다. 내가 좀 손을 보긴 했지만, 작고 좋은 집이야. 다른 두 집도 다 내 집이란다. 세금이 올라서 집을 그대로 두기가 어려웠어. 그래서 마가렛이 죽은 뒤 여기로 옮겼지. 그리고 누구든지 이 허허벌판에 살고 싶어하는 이유가 적당하면 우리 가족이 살던 집을 빌려주고 있단다. 네 부모님이 집을 구한다는 소식을 듣고 작은집이 어떻겠냐고 권했지. 글 쓰는 사람한테 딱 좋은 집이거든. 외딴 곳은 상상력을 자극하는 법이니까. 돈을 적게 들이고도 살 수 있을 거라고 생각해서 그런지, 다른 사람들도 이따금 찾아오긴 해. 하지만 나는 아무한테나 빌려 주긴 싫다. 그래서 큰 집은 비어 있단다. 딱 맞는 사람들을 아직 못 만났어."

"여기서 혼자 지내면 외롭지 않으세요?"

할아버지는 차를 다 마시고 나서 컵을 탁자에 내려놓았다.

"아니. 나는 평생 여기에서 살았단다. 마가렛이 보고 싶긴

해. 하지만 내겐 팁이 있단다."

자기 이름이 들리자, 개가 고개를 쳐들고 꼬리로 바닥을 탁탁 쳤다.

"일이 필요할 때는 마을에서 목수 일도 좀 하고. 책도 있단다. 필요한 건 그뿐이야. 정말로."

할아버지가 씩 웃으며 말을 이었다.

"물론 너 같은 친구가 새로 생기는 것도 좋지."

"뱅크스 할아버지."

"아이고 이런, 이런, 그냥 월이라고 부르렴. 다들 나를 그렇게 부른단다."

"그럴게요. 월, 제가 사진을 좀 찍어도 될까요?"

"이렇게 영광스러울 데가 있나."

월은 어깨를 곧게 펴고 체크무늬 셔츠의 맨 위 단추를 채웠다.

햇살이 부엌 창문을 통해 들어와 월의 얼굴을 비추었다. 포근한 햇살이었다. 늦은 오후라 그림자가 엷게 드리웠다.

월은 그 자리에 앉아 담뱃대를 입에 문 채 이야기했고, 나는 필름 한 통을 다 쓸 때까지 월이 웃거나 움직일 때마다 잽싸게 셔터를 눌러 댔다.

카메라를 들고 파인더를 들여다보며 초점을 맞추고 빛을

조절하고 구도를 잡아 아무도 보지 못한 순간을 포착하다 보면 어색하고 쑥스러운 시간들은 어느 새 사라져 버린다. 윌의 사진을 찍는 동안에도 그렇게 느꼈다.

나는 다 찍은 필름을 빼낸 다음, 무슨 보물이라도 되는 양 필름을 주머니에 조심스레 넣고 그 집을 나섰다. 가다가 뒤돌아보니 윌이 트럭 옆에 서서 내게 손을 흔들고 있었다. 팁도 아까 있던 눈 더미 옆에서 꼬리를 흔들었다.

해가 지고 있었다.

바람이 불어 길 양쪽에 쌓인 눈 더미에서 먼지가 흩날려 눈이 따가웠다. 하지만 집으로 걸어가는 동안 마음 속 깊고 깊은 곳에 감춰져 있던 무언가가 나를 따뜻하게 감싸 주었다. 그것은 윌이 내게 예쁘다고 말했다는 사실이었다.

3

2월은 뉴잉글랜드에서 가장 고약한 달이다. 어쨌든 나는 그렇게 생각한다.

엄마 생각은 다르다. 엄마는 4월이 가장 고약하다고 한다. 4월에는 모든 것이 진흙투성이가 되기 때문이다. 눈이 녹으면 겨우내 눈 속에 파묻혀 있던 개똥, 잃어버렸던 벙어리장갑, 차에서 던져 버렸던 맥주 병 같은 것들이 다시 모습을 드러낸다. 땅에는 여전히 녹지 않은 잿빛 눈이 군데군데 남아 있고, 그 사이로 갈색 진흙이 눈에 띄기 시작한다. 부엌 바닥은 진흙투성이가 되고 그래서 엄마는 4월을 정말 싫어한다.

엄마가 봄에 부엌 바닥을 닦고 있으면, 아빠는 엄마에게

"4월은 가장 잔인한 달"로 시작하는 시를 낭송해 준다.

하지만 아빠는 2월이 가장 고약한 달이라는 내 생각에 맞장구를 친다. 12월에는 눈이 내리는 게 재미있지만 2월쯤 되면 지긋지긋해지고 더러워져 보기도 싫다. 2월에는 그저 춥기만 할 따름이다. 1월에는 파랗던 하늘이 한 달 뒤에는 그저 희뿌옇기만 하다. 아주 희끄무레해서 하늘이 어디서 시작하고 땅이 어디서 끝나는지 알 수 없을 정도이다. 그리고 살을 에는 것처럼 추워서 밖에 나다니지도 못한다.

나는 월을 만나지 못했다. 너무 추워서 1.5킬로미터나 되는 길을 걸어갈 엄두가 나지 않았기 때문이다. 사진도 한 장도 못 찍었다. 벙어리장갑을 벗고 카메라를 꺼내 들지 못할 만큼 추웠다.

아빠도 글을 쓰지 못했다. 아빠는 날마다 작은 방에 들어가 책상 앞에 앉아 있었지만 타자기는 조용하기만 했다. 늘 타자기 소리가 요란했기 때문에 이런 고요함은 우리 모두에게 낯설었다.

아빠는 작은 방에 앉아 창 밖으로 허허벌판을 바라보다 보면 아무것도 손에 잡히지 않는다고 내게 말했다. 나는 아빠를 이해한다. 이런 추위에 카메라를 꺼내 들 수 있다 하더라도 사물의 모서리나 귀퉁이를 카메라에 담을 수 없을 것이다. 모든 것이 2월의 삭막한 무채색에 뒤섞여 한 덩어리로 보이니까. 아빠도 마음 속에서 모든 것이 윤곽 없이 한 덩어리로 뒤섞여 글을 쓰지 못하는 것이다.

나는 아빠에게 벽장 바닥을 보여 주었다. 소나무 바닥에는 '윌리엄'이라고 새겨져 있었다.

"윌 뱅크스는 멋진 분이란다."

아빠는 타자기 앞에 놓인 꾀죄죄한 가죽 의자에 등을 기대앉으며 입을 열었다. 내가 작은 방으로 아빠를 찾아 간 것은 처음이었다. 아빠는 내가 찾아와 기쁜 것 같았다. 아빠는 커피를, 나는 차를 마셨다.

"그분은 학식이 풍부하고 가구를 만드는 솜씨도 최고란다. 보스턴이나 뉴욕에서라면 큰 돈을 벌 수도 있었을 텐데, 이 곳을 떠나지 않았지. 마을 사람들은 윌을 좀 괴짜라고 생각하는 것 같더라만. 나는 잘 모르겠구나."

"괴짜라니요, 얼마나 좋은 분인데요. 하지만 큰 집이 두 채나 있는데, 그렇게 작은 집에 사시는 게 너무 안됐어요."

"글쎄다. 윌은 거기서 지내는 게 행복하대. 아무도 행복이 이러니저러니 할 수는 없지. 문제는 보스턴에 사는 조카가 말썽을 일으키려고 한다는 거란다. 걱정이라면 그게 걱정이지."

"무슨 말씀이세요? 윌은 아무도 귀찮게 하지 않는데, 누가 못살게 군다는 거예요?"

"나도 정확한 건 잘 몰라. 내가 법을 더 잘 안다면 좋으련만. 윌에게 남은 친척은 그 조카 하나뿐인가 보더라. 윌은 여기 땅과 집들의 주인이지. 물려받은 거란다. 그런데 윌이 죽은 다음에는 누이의 아들인 조카가 차지하게 된단다. 값나가는 재산이지. 너한테는 별로 대단해 보이지 않겠지만, 이 집들은 아주 고풍스러워서 숱한 대도시 사람들이 사고 싶어 안달이란다. 조카는 윌이 제정신이 아니라고 몰아서 '금치산자'로 선고받게 하려나 보더라. 그렇게만 되면 조카는 땅과 집들을 자기 마음대로 할 수 있거든. 아마 팔 생각이겠지. 이 땅에 관광객이 묵을 방갈로들을 짓고, 큰 집은 여관으로 만들려는 사람들이 있거든."

나는 일어나 창 밖으로 들판 너머를 바라보았다.

온통 하얀 세상에 빈 집만 잿빛으로 덩그렇게 서 있었고 높은 벽돌 굴뚝이 경사가 가파른 지붕 위로 우뚝 솟아 있었다. 창문에 조그맣고 예쁜 파란 덧문이 달리고 '신용카드 환영'이라고 쓰인 팻말이 문에 걸려 있는 모습을 마음 속으로 그려 보았다. 외지에서 온 자동차와 캠핑카가 꽉 들어찬 주차장도 그려 보았다.

"그럴 순 없어요, 아빠!"

내 말은 곧 질문으로 바뀌었다.

"그럴 수도 있어요?"

"그럴 수는 없지. 하지만 지난 주에 조카가 나한테 전화해서는 자기가 듣기로 마을 사람들이 월을 '미치광이 월'이라고 한다던데, 그게 정말이냐고 묻더구나."

아빠가 어깨를 으쓱하며 말했다.

"미치광이라고요? 어떻게 그런 말을 할 수 있어요?"

"그래서, 살면서 그렇게 얼토당토않은 말은 한 번도 들어보지 못했다고 대꾸했단다. 그러고는 이런 일로 나를 귀찮게 하지 말라고 했어. 문학사를 완전히 뒤집어 놓을 책을 쓰느라 아주 바쁘다고 했거든."

그 말에 나는 아빠와 함께 큰 소리로 웃었다.

문학사를 완전히 뒤집어 놓게 될 책은 아빠의 책상 여기저기에 종이 뭉치로 쌓여 있었고, 바닥에 굴러다니고 있었고, 커다란 쓰레기통에도 적어도 백 장쯤은 구겨져 있었고, 두어 장은 종이비행기가 되서 방을 가로질러 날아가 있기도 했다. 우리는 배꼽이 빠지도록 웃어 댔다.

간신히 웃음을 그치자, 아빠에게 하고 싶었던 말이 기억났다.

"있잖아요, 아빠. 지난 달에 윌의 집에 갔을 때 사진을 찍었어요."

"그래?"

"윌은 식탁에 앉아 창 밖을 보며 담뱃대를 입에 문 채 이야기했어요. 필름 한 통을 다 썼어요. 윌은 눈이 정말 밝게 빛나요. 얼굴에 얼마나 생기가 있는데요. 기억력도 좋고 생각도 깊던걸요. 윌은 모든 것에 관심이 있대요. 그런데 미쳤다니, 말도 안 돼요."

"그 사진들 좀 보여 주겠니?"

나는 잠시 멍해졌다.

"그게 말이죠, 아직 현상을 못 했어요. 집에 오려면 수업이 끝나자마자 버스를 타야 해서 학교 암실을 쓸 수 없었거든요. 그래도 사진 찍을 때 윌이 그렇게 보였다는 건 기억해요."

아빠가 갑자기 의자에서 허리를 곧추세우며 일어나 앉았다.

"나한테 끝내 주는 생각이 있어!"

아빠는 어린애처럼 말했다.

예전에 엄마가 나와 언니에게 아빠가 종종 어린애처럼 굴기 때문에 아들이 없어도 괜찮다고 한 적이 있었다. 나는 엄마가 한 말을 확실히 이해하게 되었다. 지금 아빠는 꼭 토요일 아침에 불가능한 계획을 세우며 잔뜩 들떠 있는 열 살짜리 아이 같았다.

"우리, 암실을 만들자."

나는 내 귀를 의심했다.

"여기에요?"

"안 될 게 뭐 있어? 자, 어디 보자. 난 사진은 아무것도 모르니까, 전문가인 네가 조언을 해 주렴. 하지만 집 짓는 방법은 내가 잘 알지. 글쓰기에서 벗어나 머리를 좀 식힐 필요가 있어. 일 주일이면 될까?"

"네, 그럴 거예요."

"뭐가 필요하지?"

"공간이요. 그게 첫 번째예요."

"집과 헛간 사이에 있는 창고는 어때? 그 정도 크기면 충분하지, 그렇지?"

"네. 하지만 거긴 너무 추워요, 아빠."

"아하, 우리 전문가 아가씨가 미처 생각하지 못한 게 있군. 난로가 있으면 되지."

아빠는 백지 한 장을 찾아 '1. 난로'라고 썼다.

아빠는 목록 만들기를 정말 좋아한다.

"그 다음엔?"

"음…… 선반은 거기 있으니까 됐고요. 평평한 조리대 같은 게 있어야 해요."

아빠가 받아 적었다.

"안전광과 안전광 필터도요. 그래야 인화지를 빛에 노출시키는 실수를 막을 수 있거든요."

"문제없어. 창고에 전기를 끌어오면 되니까. 그밖에는? 장비가 더 많이 필요하지 않니? 기왕 만드는 건데, 마을에서 가장 좋은 암실을 만드는 게 좋겠어."

나는 한숨을 쉬었다.

앞으로 생길 문제가 뭔지 알 수 있었다. 하지만 말했다시피 아빠는 목록 만들기를 정말정말 좋아한다.

세상에! 나는 어느 새 암실에 필요한 것들을 아빠에게 모조리 말하고 있었다. 사진 확대기, 암실용 시계, 배트, 집게, 필름카세트 오프너, 화학용액, 현상액, 온도 조절용 팬과 접시, 계량컵, 스펀지와 필름건조용 집게, 필터, 초점 맞추는 기구 등등.

목록 만들기는 꽤 재미있었다. 그저 꿈에 지나지 않는다는 것을 알고 있었지만 말이다. 오래 전부터 꿈꿔왔던, 누구에게도 말하지 않은 꿈이었다.

"어디 가면 이런 걸 살 수 있니?"

아빠가 물었다.

나는 방으로 가서 사진 잡지 한 권을 들고 왔다. 우리는 잡지 맨 뒤에 실린 광고를 살펴보았다. 뉴욕, 캘리포니아, 보스턴.

"보스턴이라, 좋았어. 어차피 출판사에 볼 일이 있어서 보스턴에 가야 해. 이번 주에 가는 게 좋겠어."

아빠가 의기양양한 목소리로 말하며, 가게 이름과 주소를 적었다.

"됐다. 이걸 다 사는데 돈이 얼마나 들까?"

나는 정말 웃지 않으려고 했지만, 소리내어 웃을 수밖에 없었다. 빤한 결과를 마지막까지 생각하지 못하다니, 역시 아빠답다.

우리는 보스턴에 있는 가게의 가격표를 찬찬히 살펴보며 목록에 가격을 적은 다음 다 더해 보았다. 아빠는 금세 시무룩해졌다.

나는 처음부터 이것이 꿈에 지나지 않는다는 것을 알고 있었기 때문에 아무렇지도 않았다. 기대하지 않았으니 실망하지도 않은 것이다.

가엾은 아빠. 아빠는 그 꿈이 진짜 이루어질 것이라고 여겼기 때문에 무척 놀란 것 같았다.

우리는 둘 다 서운했지만 아무렇지도 않은 체하며 마주 보고 웃었다. 서로가 상대방이 슬퍼지는 게 싫었기 때문이다.

"잘 들으렴, 메그."

아빠는 목록을 잘 접어 책상 한 쪽에 놓으며 천천히 입을 열었다.

"여기 앉아서 책을 쓰다가, 가끔은 도저히 풀리지 않을 것 같은 문제와 맞부딪친단다. 그러면 그 일을 잠시 내버려 둔단다. 마음 속에 넣어 두는 거야. 그것 때문에 괴로워하지 말고. 무슨 말인지 알겠니?"

나는 고개를 끄덕였다.

괴로워하지 않는 것은 나도 꽤 잘한다.

"지금까지 그런 문제들은 모두 저절로 해결됐어. 어디선가 갑자기 해결책이 툭 나타났거든. 자, 너도 그렇게 하길 바란다."

아빠는 접어 둔 암실 만들기 목록을 손으로 톡톡 치며 말을 이었다.

"한동안 이것에 대해 아무것도 생각하지 않는 거야. 마음 속 깊은 곳에 있는 잠재의식이 문제를 해결하게 두자."

"알았어요."

나는 고개를 끄덕였다.

"머지않아 해결책이 나타날 거야. 틀림없어. 생각보다 빨리 나타날지도 몰라. 우리 둘의 잠재의식이 애쓸 테니까."

나는 소리 내어 웃었다.

아빠는 철석같이 믿고 있었지만 나는 조금도 믿지 않았다.

"알았어요."

나는 다짐하듯 말했다.

"그런데 두 사람이니까 잠재의식 '들' 이라고 하는 게 맞나?"

"아빠, 아빠가 교수님이잖아요."

나는 우리가 마신 빈 컵을 들고 부엌으로 가며 대꾸했다.

엄마는 벽난로 옆에 앉아 한 땀 한 땀 바느질하며 조각보 이불을 만들고 있었다. 엄마는 조각보 이불을 아주 열심히 만들었고, 지금까지 만들어진 것은 정말 예뻤다.

하지만 나와 언니는 조각보 이불을 너무 자세히 보고 싶은 마음이 없었다. 아마 조각보 이불이 온갖 기억들로 꽉 차 있기 때문일 것이다. 잊어버리는 편이 더 나은 기억도 있으니까. 특히 그 기억들을 자연스럽게 잊을 수 있을 만큼 나이를 먹지 않았을 때는 더욱 그렇다.

조각보 이불 한가운데에는 언니가 진저리를 내는 나비무

늬 드레스 조각이 있었고, 그 가까이에 파란색과 하얀색의 줄무늬 천 조각이 있었다. 나는 그게 어떤 옷인지 생각조차 하기 싫다. 그것은 내가 다섯 살 생일에 입었던 드레스인데, 그 날 나는 케이크가 나오자마자 다 토해서 탁자를 엉망으로 만들어 버렸다.

앙증맞은 하얀 꽃무늬가 있는 분홍색 천 조각도 있었는데, 부활절에 입었던 옷이다. 나는 그 날 교회에 가득 들어찬 사람들 앞에서 시를 외우기로 되어 있었는데, 하나도 기억이 나지 않아 엉엉 울기만 했다. 아마 여섯 살 때였나 보다.

언니가 중학교 입학식 때 입었던 파란색 체크무늬 원피스도 있었다. 그 날 다른 여자애들은 모두 청바지를 입고 왔는데, 언니만 그것을 미리 알지 못했다.

낡은 걸스카우트 단복 조각도 있었다. 나는 걸스카우트를 정말 싫어했다. 걸스카우트 모임에 가기 전에 회비로 사탕을 사 먹어서 매주 꾸지람을 들었기 때문이다.

"저기 수가 놓인 하얀 조각은 뭐예요?"

내가 엄마에게 물었다.

엄마는 우리가 조각보 이불에 관심을 보이면 아주 즐거워한다.

엄마가 조각보 이불을 돌려서 창문을 향해 쳐들고는 내가 말한 조각을 보았다. 엄마 얼굴이 어느 새 옛 생각에 젖어 있었다.

"이건 몰리가 처음 했던 브래지어란다."

엄마가 다정하게 말했다.

"네?"

나는 언니가 갑자기 "네?"라고 소리치기 전까지는 언니가 있다는 것을 전혀 모르고 있었다.

언니는 구석에 놓인 소파에 앉아 있었다. 오래 된 집은 여러 가지 면에서 멋지다. 부엌에 소파가 있는 집이 몇이나 될까?

사실, 언니가 거기 앉아 있는 것은 조금도 놀랍지 않다. 언니는 독감에 걸려서 2월 내내 휴지를 통째로 옆에 놓고 늘 거기 앉아 있었다. 마치 붙박이 가구처럼.

언니가 아파서 친구들과 함께 놀지 않고 늘 집에만 있으니까 더 재미있기는 하다. 우리는 부동산 게임같이 어릴 때 했던 놀이를 하며 지낸다.

언니와 그렇게 시시한 놀이를 하면 재미있다. 언니는 게임을 심각하게 여기지 않는다. 나는 여기저기에 호텔을 짓는다. 심지어 아주 낡고 시시한 거리에도. 언니는 주사위를 던져서 내가 호텔을 지은 땅에 언니 말이 걸리게 되면 키득키득 웃기 시작한다. 언니는 자기 말을 움직여 내 땅에 가까이 갈수록 점점 크게 웃다가 마침내 내 호텔 옆에 언니 말을 꽝 내려놓고는 자기 돈을 세기 시작한다.

"네가 이겼어. 난 완전히 빈털터리야!"

그런 다음 언니는 돈을 몽땅 건네 주고는 깔깔 웃으며 곧바로 "또 하자."라고 말한다.

나는 지는 것을 끔찍이 싫어한다. 지고 나면 늘 "이건 불공평해!"라고 계속 투덜거린다. 카드 게임을 하다가 진 뒤 울면서 언니에게 "속임수를 썼어!"라고 생떼를 부린 적도 있었다. 나는 언니가 속임수를 쓰지 않는다는 것을 잘 알고 있기 때문에 오히려 그런 내 자신이 바보 같고 어리석게 여겨졌다.

왜 나는 언니와 다를까?

언니는 언제나 중요한 것들, 적어도 언니가 중요하게 여기는 치어리더가 되는 것이나 잘생긴 남자 친구를 사귀는 일을 늘 손에 넣었기 때문인 것 같다. 그러니 부동산 게임 같은 것은 언니한테 하찮은 것이다. 나도 언젠가 무엇인가에 성공하게 되면, 걸핏하면 "불공평해!"라고 투덜대는 것을 그만둘지도 모르겠다.

언니가 아파서 성가신 점도 있다.

언니는 여느 때와 달리 뾰로통해 있다. 학교에 못 가기 때문이다. 그것은 티어니 맥골드릭을 못 만난다는 얘기이기도 하다. 날마다 통화하는 것만으로는 부족한가 보다.

또 언니는 자기가 어떻게 보일지 걱정한다. 그래도 기분이 아주 나빠 보이지는 않는다. 언니는 부스스한 머리를 묶기도 하고 얼굴이 너무 창백해 보인다며 입술에 립스틱을 바르기도 하며 거울 앞에서 많은 시간을 보낸다.

가끔 언니는 더 예쁘게 보이려고 꾸미느라 빗과 머리핀을 사방에 어질러 놓는다. 그럴 필요도 없는데. 나는 언니가 내 머리를 매만져 주겠다고 말해 주기를 기다린다. 언니한테 먼저 부탁할 용기는 나지 않는다. 언니가 나를 비웃지 않을 것은 분명하지만, 내가 스스로 마음을 먹고 기회를 만드는 게 어렵다.

"몰리야, 일어나지 마."

엄마가 한숨지으며 말했다.

언니가 브래지어 조각을 보려고 부엌을 가로질러 달려들려고 했기 때문이다.

"그러다 또 코피 쏟을라."

언니는 독감에 걸린 다음부터 계속 코피를 흘린다. 엄마는 언니가 사춘기라서 그렇다고 한다. 엄마는 무슨 일에든지 늘 그런 식으로 말한다.

읍내 의사 선생님은 추운 날씨 때문이라고 했다. 차가운 공기가 코의 점막을 손상시켰기 때문이라는 것이다.

어찌 되었거나 집 안이 코피 때문에 엄청 지저분하다. 우리 방의 언니 쪽은 여전히 짜증 날 정도로 깔끔하지만, 양탄자에는 언니가 흘린 바보 같은 코피가 여기저기 묻어 있다. 그것은 내 쪽에 어질러져 있는 어떤 것보다도 정떨어진다.

어쨌든 저녁 먹을 시간이었다. 엄마는 조각보 이불을 한쪽으로 치웠고, 그 때문에 브래지어를 두고 언니와 엄마가 막 벌이려던 말다툼은 쏙 들어가 버렸다.

엄마는 식탁에 사과소스를 곁들인 돼지고기를 차렸다. 나는 언니가 들고 온 휴지를 놓을 자리를 마련하느라 내 샐러드 접시를 한쪽으로 치워야 했다. 아빠는 깔끔하게 차려진 식탁을 좋아하는데도 휴지를 보고 아무 말도 하지 않았다. 언니가 휴지를 가져오지 않아서 식사를 망친 일이 두어 번 있었기 때문이다.

다들 말이 없었다.

언니는 코 때문에 아주 조심스럽게 먹고 있었고, 나와 아빠는 둘 다 딴 생각을 하고 있었다. 무엇인가를 잠재의식 속에 집어 넣고 가만히 두는 게 쉬운 일은 아니다. 엄마가 입을 열고 말을 꺼냈지만 아무도 대꾸하지 않았다.

"나는 여기가 정말 좋아. 겨울에도 말이야. 그래도 어서 여름이 왔으면 좋겠어. 그러면 당신도 책 때문에 속 썩을 일이 없겠지. 거의 다 끝날 테니까. 너희도 캠프에 가면 심심하지 않을 테고."

엄마가 포크를 내려놓고 한숨을 쉬며 말했다.

"캠프, 캠프."

내가 불쑥 말했다.

엄마가 눈을 동그랗게 뜨고 나를 보았다. 우리는 내가 여덟 살, 언니가 열 살 되던 때부터 여름마다 똑같은 캠프에 갔다.

"그래, 캠프."

아빠가 갑자기 나를 보며 싱글싱글 웃기 시작했다.

"캠프에 가는 데 돈이 얼마나 들죠?"

내가 엄마에게 물었다.

"많이. 하지만 걱정하지 않아도 돼. 아빠랑 엄마가 다달이 돈을 모으고 있으니까."

엄마는 앓는 소리를 내면서도 마음 좋게 대답했다.

"엄마."

나는 천천히 말을 이었다.

"캠프에 꼭 가야 돼요?"

엄마는 믿기지 않는 눈치였다. 왜냐하면 내가 2년 연속으로 캠프에서 '최우수 참가자 상'을 받았으니까.

"물론 캠프에 꼭 갈 필요는 없지. 그래도 엄마 생각엔……."

"여보!"

아빠가 큰 소리로 엄마를 불렀다.

"내일 보스턴에 다녀와야겠소. 출판사에도 가 봐야 하고 살 것도 좀 있거든. 메그랑 헛간 옆 창고에 암실을 꾸밀 생각이야. 윌이 괜찮다고 하면 말이지. 오늘 밤 당장 전화해 봐야겠어."

엄마는 양상추 한 조각을 포크로 찍어 든 채 앉아 있다가 머리를 절레절레 내둘렀다.

"정말 못 말리는 가족이라니까. 도대체 무슨 일인지 통 알 수가 없네."

엄마가 소리 내어 웃었다.

"몰리야, 네 코."

엄마의 말에, 언니는 휴지를 획 낚아채서 코를 꼭 움켜쥐었다.

"먼 소릴 하능지 하나도 모드겠네. 하지망 누가 머래도 낭

60

캠프 꼭 가 거야. 메그가 가등 말등."

언니는 휴지로 코를 감싸 쥐고 시큰둥하게 말했다.

그런 다음 언니는 키득거렸다. 언니도 휴지 뭉치로 코를 막고 말하는 소리나 모양새가 얼마나 우스꽝스러운지 깨달은 것이다.

"그더니까 그때까지 고삐가 멍추멍 마디야."

언니가 덧붙였다.

4

어느 날 갑자기, 나는 아빠가 책의 한 단원을 끝냈을 때 기분이 어떤지 알게 되었다.

화분에 느닷없이 꽃이 활짝 피었을 때나, 조각보 이불의 한 부분을 끝냈을 때나, 아니면 누가 보고 있지 않아도 하루 종일 입가에 웃음을 머금고 있는 엄마의 기분도 알 것 같았다. 두 주 전에 티어니 맥골드릭이 몰리 언니한테 좋아한다고 말했을 때, 언니도 꼭 이런 느낌이었을 것이다. 언니는 티어니가 준 조그만 금 농구공이 달린 목걸이를 하고 와서는 낄낄대며 신이 나서 뛰어다녔다. 결국 엄마가 나서서 이제야 겨우 코피가 멈췄는데 재발하지 않도록 좀 진정하라고 언니를 말렸다.

3월 초가 되자, 언니는 더 이상 코피를 흘리지 않았다. 해가 한 달 만에 잿빛 추위를 뚫고 나와 모습을 드러낸 때였다. 읍내 의사 선생님은 자기 생각이 맞았다며 날씨가 나빠서 코피가 났던 것이라고 했다.

어찌 되었거나 언니는 더 이상 코피가 나지 않아서 기뻐했고 학교에 다시 다니게 되어서 즐거워했다. 아빠는 휴지 회사의 주식을 샀어야 하는데 못 사서 아쉽다고 말했다.

나는 암실에 죽치고 있느라 해를 거의 보지 못한다.

내 암실!

아빠는 큰소리치던 대로 암실을 만들었다. 내가 꿈꾸던 완벽한 암실이었다. 아빠한테 불가능한 일은 절대 없다!

나는 가장 먼저 윌을 찍은 사진을 현상했다. 필름을 양말 서랍장 아래 깊숙이 넣어 둔 지 두 달 만이었다. 나는 잔뜩 겁을 먹고 바짝 긴장했다. 혹시 현상하는 방법을 잊어버린 건 아닐까, 아니면 실수를 저지르지 않을까 겁이 났다. 하지만 필름 원판을 현상 탱크에서 꺼내 전등에 비춰 보자, 들판 너머에 있는 낡은 집 사진 두 장과 윌이 서른네 가지 모습으로 나를 보고 있는 사진 서른네 장이 보였다. 내가 꼭 천재가 된 기분이었고 예술가가 된 것처럼 느껴졌다.

필름 원판이 마르자, 나는 필름 한 통을 모두 한 장에 인화했다. 필름 원판만 보고는 정확히 어떤 사진이 나올지 알 수 없기 때문이다. 나는 제발 잘 되기를 빌면서 진짜 사진을 처음으로 보여 주게 될 밀착 인화지에 사진을 인화하기 시작했다.

나는 불그스름한 전등 불빛을 받으며 현상 접시 앞에 서서 처음에는 하얗던 인화지가 회색으로 변하고, 그 회색이 다시 짙어지고 검은색으로 바뀌며 점차 월의 얼굴이 나타나는 것을 지켜 보았다. 2분 뒤, 현상 접시에 담긴 서른네 명의 월이 나를 올려다보고 있었다. 여전히 작지만 완벽한 모습이었다.

준비가 다 끝나자, 나는 아직도 물이 똑똑 떨어지는 인화지를 들고 부엌으로 가서 개수대 옆에 있는 조리대에 내려놓았다. 엄마가 부엌에서 감자 껍질을 벗기고 있었다. 엄마가 호기심으로 흘깃 건너다보았다.

"월이잖아!"

엄마가 깜짝 놀라며 말했다.

"그럼 누구겠어요. 정말 멋지지 않아요?"

내가 생긋 웃으며 대꾸했다.

엄마와 나는 한참 동안 인화지의 작은 사진들을 바라보았다.

사진 속의 월은 담뱃대에 불을 붙이면서, 담뱃대를 입에

물고서, 또 살며시 웃으면서 나를 바라보고 있었다. 또다른 사진에서 월은 의자에 깊숙이 기대어 앉아 있었다. 이 사진에서는 월이 몸을 뒤로 젖히는 바람에 초점이 약간 흔들렸다. 사진을 보고서야 알았다. 그래도 그 다음 사진에서는 월이 허리를 곧게 펴고 앉아 초점이 잘 맞았고, 흥미로운 표정으로 눈을 반짝이며 나를 보고 있었다. 그 때 월은 내게 카메라에 대해서, 세팅을 어떻게 하는지 또 그런 것을 어떻게 결정하는지 묻고 있었다.

거의 마지막 사진에서 월은 나를 너머 먼 곳을 바라보고 있었다. 꼭 멀리 있는 무엇인가를 생각하는 것처럼 보였다. 월은 예전부터 갖고 있던 자기 카메라 이야기를 하며 다락방에서 찾을 수 있을지도 모르겠다고 말했다. 월은 군인으로 독일에서 주둔하다가 2차 세계대전이 끝난 뒤 그 곳에서 카메라를 사 왔다고 했다. 나는 그 말을 듣고 깜짝 놀랐다.

"군대에 계셨어요?"

내가 월에게 물었다.

내가 아는 군인이라고는 대학에서 낙제한 뒤 어떻게 해야 할지 몰라 입대를 지원하는 남학생들뿐이었다. 우리가 도시에 살 때, 그 학생들은 우스꽝스러운 머리 모양을 하고 아빠를 찾아오곤 했다.

"이래 뵈도 장교였단다. 믿을 수 있니? 사람들이 나한테 경례를 했다고!"

월이 껄껄 웃으며 말했다.

월은 굳은 표정을 하고 차렷 자세로 경례를 해 보였다. 그 모습도 사진 속에 들어 있었다. 그런 다음 월은 다시 웃으며 담뱃대를 빨았다.

"그 당시에는 누구나 군대에 갔단다. 그 때는 그게 중요하게 여겨졌거든. 집으로 돌아가고픈 마음이 간절했지. 나는 여름에 집으로 돌아왔는데, 마가렛이 축하한다고 블루베리파이를 열 개나 구워 주었어. 우리는 블루베리파이를 3일 동안 먹었단다. 블루베리파이에 신물이 날 지경이었는데 여섯 개나 더 남아 있는 거야. 아마 남은 건 집사람이 버렸을 거야."

월은 여전히 빙그레 웃으며 눈을 지그시 감고 추억에 젖어 들었다.

이게 인화지에 현상된 맨 마지막 사진이었다. 눈을 감은 월의 머리 옆으로 옅은 담배 연기가 하얀 선을 그리며 올라가 사진 위쪽에 맴돌고 있었다.

나는 사진 여섯 장에 사인펜으로 표시했다. 가장 마음에 드는 것들이었는데, 저마다 조금씩 달랐다. 그런 다음 나는 암실로 돌아가 그 사진들을 확대하며 하루의 나머지를 보냈다.

나는 월에게 주려고 사진을 두 장씩 뽑았다. 월이 사진을 마음에 들어할지 궁금했다. 좋은 사진들이었다. 나도 그렇게 생각하고, 엄마 아빠도 그렇게 말했다. 엄마 아빠는 내게 절대로 거짓말을 하지 않는다.

그러나 다른 사람이 찍은 자기 사진을, 그것도 감정이 고스란히 다 드러나 있는 모습을 보면 틀림없이 기분이 묘할 것이다.

나는 월의 사진을 우리 방 벽에 붙였다. 위에 세 장, 아래에 세 장, 아주 가지런하게.

언니가 분필로 금을 그은 다음부터 나는 어지간하면 내가 쓰는 쪽을 깨끗하게 정돈하려고 애썼다. 내 물건들이 탑처럼 쌓여 방이 어질러지기 시작하면 언니는 다시 금을 그었다. 선이 여전히 그 곳에 있다는 것을 내게 일깨워 주기 위해서.

내가 방에 들어가서 사진을 벽에 붙일 때, 언니는 침대에 누워 공책에 그림을 그리고 있었다.

"벽지를 찢으면 엄마가 널 죽일 거야."

언니가 나를 힐끗 넘겨다보며 말했다.

"나도 알아."

우리 둘 다 그게 사실이 아니라는 것을 잘 알고 있다. 엄마가 화를 내는 일은 거의 없으니까. 가끔 혼을 내긴 하지만 엄마가 누군가를 죽인다는 생각은 우스꽝스럽기만 하다. 엄마는 심지어 개미 한 마리도 죽이지 못한다.

"와, 정말 멋지다."

갑자기 언니가 일어나 앉더니 벽을 건너다보며 말했다.

나는 농담인지 아닌지 알아보려고 언니를 살펴보았다. 농담이 아니었다. 언니는 흥미로운 표정으로 윌의 사진을 보고 있었다. 언니가 진심으로 말했다는 것을 알 수 있었다.

"난 저 사진이 마음에 든다. 먼 곳을 보면서 웃고 있는 사진 말이야."

언니가 아래쪽에 있는 사진 한 장을 가리켰다.

"자기 부인 이야기를 하고 있었어."

나는 언니와 함께 그 사진을 보며 기억을 되살렸다.

몰리 언니는 잠시 생각에 잠긴 채 앉아 있었다. 언니는 다시 예뻐졌고 기분도 한결 나아졌다. 머리카락도 다시 곱슬곱슬해졌다.

"누군가를 떠올리며 저렇게 빙긋 웃다니, 나를 저렇게 생각해 주는 사람과 결혼한다면 정말 근사하지 않겠니?"

언니가 천천히 말했다.

나는 한 번도 그런 식으로 누구와 친하게 지내는 것을 생각해 본 적이 없다. 솔직히 결혼은 생각만 해도 따분하기 짝이 없다. 하지만 그 순간 나도 언니가 무슨 뜻으로 한 말인지 알 수 있었고, 그게 언니에게 얼마나 중요한지도 느낄 수 있었다.

"티어니 오빠도 저런 얼굴로 언니를 보잖아."

"정말?"

"그럼. 언니가 눈치채지 못할 때도 그러는걸. 지난 목요일 조회 시간에도 저런 표정으로 언니를 보고 있던데. 기억 안나? 언니가 치어리더들이랑 같이 앉아 있을 때였는데. 티어니 오빠 표정이 꼭 저랬다니까. 사진에 나온 윌처럼 말이야."

"진짜?"

언니는 침대에 웅크리고 앉아 생글거렸다.

"그런 말을 들으니까 기분 좋다. 가끔은 티어니 머릿속에 무슨 생각이 들었는지 알다가도 모르겠어. 어떤 때는 걔가 유일하게 좋아하는 게 농구가 아닐까 싶거든."

"겨우 열여섯 살밖에 안 됐잖아."

갑자기 나는 내 말투가 꼭 엄마 같다는 것을 깨닫고 키득키득 웃었다. 언니도 같이 키득거렸다.

"있지, 메그. 이것 좀 봐 줄래?"

언니가 내게 공책을 건네며 말했다.

"넌 정말 뛰어난 예술가야. 난 그림에는 소질이 없잖아. 어떻게 그려야 더 나아 보일까?"

언니는 신부를 그리고 있었다. 언니도 참.

언니는 다섯 살 때부터 신부를 그렸다. 하지만 솔직히 말해서, 10년이 지난 지금도 언니의 그림은 별로 달라지지 않았다. 언제부터인가 언니는 신부를 그리는 것을 오히려 겁내고 있었다.

"자, 봐. 언니 그림은 균형이 하나도 안 잡혔어. 커다란 꽃다발로 숨기려고 했지만 팔이 너무 짧잖아. 여자는 서 있을 때 팔이 허벅지 중간쯤까지 내려간다는 걸 생각해 봐. 팔꿈치가 허리쯤에 와야지. 그런데 봐, 언니는 팔꿈치를 가슴 가까이 있게 그렸잖아. 그래서 이상해 보이는 거야. 목도 너무 길어. 하지만 뭐, 이건 그렇게 나쁘지는 않아. 오히려 매력적으로 보이기도 하니까. 패션 디자이너들도 목을 아주 길게 그리잖아. 〈뉴욕타임스〉 일요판에 나오는 광고들 알지? 그걸 보면…… 언니?"

내가 볼펜을 집어 들며 말했다.

"응?"

"결혼 생각을 하고 있는 거야?"

언니는 뾰로통해지더니 공책을 홱 낚아채 가져가 버렸다.

"물론 결혼 생각을 하고 있지. 하지만 지금 결혼할 건 아니야, 바보야! 언젠가는 하겠지만. 넌 그런 생각 안 해?"

나는 고개를 가로저었다.

"아니, 안 해. 작가나 예술가나 사진가가 되는 생각만 해. 난 늘 나만 생각하지, 누구랑 같이 있는 생각은 안 해. 언니 생각엔 내가 뭐 잘못된 거 같아?"

내가 진지하게 물었다.

하지만 대답하기 곤란한 질문이었기 때문에, 나는 집게손가락 위에 가운뎃손가락을 포개고 얼굴을 찡그렸다가 곧 웃어 버렸다.

"아니, 우리가 서로 달라서겠지."

언니는 내가 찡그린 것을 못 본 체하고 상냥하게 대답했다.

이럴 때 언니는 참 다정하다. 언니는 신부 그림을 공책 사이에 끼우고는 교과서와 나란하게 책상 위에 가지런히 놓았다.

"언니는 예쁘고 난 아닌 것처럼?"

나는 빈정댔다.

정말 바보 같은 말이었다.

하지만 몰리 언니는 확실히 예쁘다. 언니도 굳이 내 말을

71

부인하지는 않았다.

"너도 좀더 자라면 예뻐질 거야. 그리고 예쁘고 안 예쁜 게 중요한 것도 아니잖아. 특히 너한테는 말이야. 넌 재능이 참 많잖아. 머리도 좋고. 그런데 난 정말 멍청하잖니. 내가 가진 건 곱슬머리랑 긴 속눈썹밖에 없어."

나는 모든 것을 망쳐 놓는다.

언니가 진심으로 하는 말이라는 것을 알면서 왜 그랬을까? 언니는 일부러 다른 사람을 헐뜯지 않는다.

하지만 언니는 뻣뻣한 머리카락에 난시까지 있는 애가 그런 말을 들었을 때 기분이 어떤지는 알지 못한다. 언니가 그런 것을 어떻게 알겠는가? 나는 아름답다는 게 어떤 것인지 상상할 수 없다. 그러니 언니도 예쁘지 않다는 게 어떤 것인지 절대 알 수 없다.

그래서 나는 여느 때처럼 심통을 부렸다.

"오, 가엾어라. 내가 가진 건 곱슬머리랑 긴 속눈썹뿐이네?"

나는 거울 앞에 서서 삼류 모델처럼 포즈를 취하며 비아냥거렸다.

내 행동이 뜻밖이었는지, 언니는 잠시 얼떨떨해진 모양이었다. 당황하고 어쩔 줄 몰라 하는 모습이 상처를 받은 것 같기도 했다. 그러더니 시험지를 집어 들어 나한테 휙 집어던 졌다.

언니다운 행동이었다. 언니는 화가 나서 무엇을 집어던질 때도 꼭 다치지 않을 만한 것들만 던진다. 시험지가 사방에 날리며 내 침대와 바닥에 떨어졌다.

"자, 이제 아주 속이 시원하겠구나. 엉망진창인 게 꼭 돼 지우리 같잖아."

언니는 가만히 서서 어질러진 것을 내려다보며 말했다. 그 러고는 쌩하고 밖으로 나가더니 방문을 쾅 닫아 버렸다.

그래도 아무 소용 없었다. 문은 다시 열렸으니까.

나는 시험지들을 그대로 놔 두었다. 그 날 밤, 나와 언니는 잠자리에 들 때까지 서로 한 마디도 하지 않았다.

우리 둘 다 사과하는 데는 소질이 없다. 언니는 싸우고 나 면 조금 기다리다가 웃어 버린다. 나? 나는 항상 상대방이 먼 저 웃을 때까지 기다린다. 나는 언제나 먼저 말다툼을 시작 해서 가장 나중에 끝낸다.

하지만 그 날 밤에는 우리 둘 다 싸움을 그만둘 준비가 되 어 있지 않았다. 언니는 내가 아주 조심스럽게 이불 속으로 기어들어가는 것을 보고도 웃지 않았다. 언니의 과거분사 연 습 문제들은 언니가 던진 자리에 그대로 있었고, 나는 시험지 더미 위에서 잠을 잤다.

몇 시인지는 모르겠지만 무엇인가가 나를 깨웠다. 확실하지는 않은데 무언가 두려운 일이 일어나고 있었다. 오싹한 기운이 등줄기를 타고 내려왔다. 일이 잘못되었을 때 생기는 서늘한 느낌. 꿈이 아니었다. 나는 침대에 앉아 어두운 주변을 둘러보았다. 뭔가 아주 잘못되었다는 느낌이 여전히 남아 있었다.

언니의 프랑스어 시험지가 바닥으로 스르르 미끄러졌다. 나는 종이가 펄럭이며 침대에서 떨어지는 소리를 들었다.

나는 조용히 침대에서 일어나 창가로 갔다. 봄이 코앞에 다가와 있었다. 하지만 뉴잉글랜드에서는 날짜가 별로 중요하지 않다. 날씨는 여전히 추웠고, 들판에는 아직도 눈이 쌓여 있었다.

창 밖을 내다보자 희끄무레한 들판이 보였다. 헛간을 지나 저 멀리, 소나무 숲 너머에 있는 빈 집 창문에 불빛이 비쳤다. 나는 혹시 창문에 달이 비친 게 아닐까 하고 고개를 들어 하늘을 보았다. 달은 보이지 않았다. 하늘에는 구름이 잔뜩 껴 있어서 어두웠다. 하지만 그 집의 네모난 창문으로 환한 불빛이 새어 나왔고 그 불빛은 눈 위에 네모난 창문 모양으로 반사되고 있었다.

"언니."

내가 속삭였다. 바보같이, 속삭인다고 언니가 잠에서 깨어 듣기라도 할 것처럼.

그런데 언니가 나보다 먼저 깨어 있었다는 듯이 대답했다. 언니 목소리가 이상했다. 겁에 질려 어쩔 줄 모르는 목소리 였다.

"메그."

언니가 무엇인가에 사로잡혀 꼼짝도 못 하는 사람처럼 이상한 목소리로 말했다.

"얼른 가서 엄마 아빠를 데려와."

여느 때 같았으면 언니가 나한테 무엇을 시키면 말싸움부터 했을 것이다. 하지만 모든 게 잘못되고 있다는 느낌이 들었다.

언니는 나한테 그냥 말하는 게 아니었다. 내게 명령을 하고 있었고 겁을 잔뜩 집어먹고 있었다. 나는 어둠을 뚫고 복도에 드리운 그림자를 밟으며 엄마 아빠에게 달려갔다.

"큰일났어요! 언니가 이상해요!"

보통은 밤에 불을 켜면 두려웠던 것들이 모두 사라진다. 적어도 내가 지금보다 어렸을 때에는 그랬다. 이제는 그렇지 않을 때도 있다는 것을 알게 되었다.

아빠가 우리 방에 불을 켰을 때 모든 것이 그 곳에 있었다. 너무 눈부시고 너무 무서워서, 나는 고개를 돌려 버렸다. 한 쪽 벽에 얼굴을 파묻고 있는데도 흐르는 눈물 사이로 여전히 그게 보였다.

몰리 언니가 피투성이였다.

베개며 머리카락이며 얼굴이 온통 피에 젖어 있었다. 언니 는 눈을 동그랗게 뜨고 겁에 질린 얼굴을 하고 있었다. 두 손 을 얼굴에 대고 피를 멎게 하려고 했지만 피가 여전히 쏟아 졌다. 코에서 흐른 피가 담요와 이불을 적시고 침대 뒤쪽 벽 까지 튀어 있었다.

엄마 아빠가 서둘러 움직이는 소리가 들렸다. 엄마가 복도 안쪽으로 가는 소리가 들렸다. 벽장에 있는 수건을 가지러 가는 것이었다. 아빠가 언니에게 낮은 목소리로 차분하게 괜 찮다고 말하는 소리도 들렸다. 엄마가 안방에 가서 전화를 걸고 얘기하는 소리도 들렸다. 그런 다음 엄마가 아래층으로 내려가서 밖에 나가 차에 시동을 거는 소리가 났다.

"괜찮아, 괜찮아."

아빠가 침착한 목소리로 계속 언니를 안심시키는 소리가 들렸고, 언니가 캑캑대며 울먹이는 소리도 섞여 들렸다.

엄마가 계단을 올라와 방에 돌아올 때까지, 나는 계속 등을 돌리고 서 있었다.

"메그."

엄마가 나를 불렀다.

내가 돌아서자, 아빠가 언니를 작은 아이처럼 안고 방 문간에 서 있는 게 보였다. 언니의 얼굴 옆에 있는 수건이 피에 흥건히 젖어 있었다. 언니를 감싸고 있는 침대보에도 피가 조금씩 배어들고 있었다. 괜찮아, 괜찮아. 아빠는 끊임없이 언니에게 괜찮다고 말하고 있었다.

"메그."

엄마가 나를 다시 불렀다.

나는 고개를 끄덕였다.

"몰리를 병원에 데려가야겠어. 겁낼 것 없단다. 그냥 또 코피가 나는 것뿐이야. 이번에는 좀 심하지만. 너도 보이지? 서둘러야 해. 같이 갈래?"

엄마가 말했다.

아빠는 언니를 안고 계단을 내려가고 있었다.

나는 고개를 저었다.

"여기 있을게요."

나는 떨리는 목소리로 대답했다. 꼭 내가 아픈 것처럼 느껴졌다.

"정말 안 갈래? 한참 걸릴지도 모르는데. 윌한테 전화해서 여기 와서 너랑 함께 있어 달라고 부탁할까?"

나는 다시 고개를 가로저었다.

"괜찮아요."

내 목소리가 조금은 나아졌다.

엄마는 마음이 놓이지 않는 것 같았지만 아빠가 차에서 기다리고 있었다.

"진짜예요, 엄마. 전 괜찮아요. 어서 가 보세요. 전 여기 있을게요."

"걱정하지 마. 몰리는 괜찮을 거야."

엄마가 나를 껴안으며 말했다.

나는 고개를 끄덕이며 엄마를 따라 계단 쪽으로 갔고 엄마는 계단을 내려가서 차를 타고 가 버렸다. 자동차가 쏜살같이 집에서 멀어지는 소리가 들렸다.

집에서 불이 켜진 곳이라고는 내 방, 아니 나와 언니가 함께 쓰는 방뿐이었지만 나는 우리 방으로 돌아갈 수 없었다. 나는 방 문간으로 걸어가서 안을 들여다보지도 않은 채 손을 뻗어 스위치를 껐다. 온 집안이 어둠에 휩싸였다.

동이 트고 있었다. 바깥 하늘에 희미한 빛이 감돌았다.

나는 안방에서 담요를 한 장 꺼내다가 몸에 휘감고 아빠가 서재로 쓰는 방, 내 방으로 쓰고 싶었던 작은 방으로 갔다. 나는 커다랗고 편안한 의자에 몸을 파묻고 파란 담요를 끌어 올려 맨발을 가린 채 창 밖을 보며 울기 시작했다.

오후에 언니와 싸우지 않았으면 아무 일도 생기지 않았을 텐데. 비참한 생각이 들었다. 물론 그게 사실이 아니라는 것을 알고 있었다. 잠자기 전에 내가 먼저 미안하다고 했으면 그런 일이 생기지 않았을 텐데. 이런 생각도 했다. 이것도 역시 사실이 아니라는 것을 알고 있었다. 우리가 여기 살러 오지 않았더라면. 우리 방에서 내 쪽을 더 깨끗하게 썼더라면.

"다 말도 안 되는 소리야."

나는 혼자 중얼거렸다.

산 너머에서 햇살이 퍼지며 하얀 눈을 물들이자, 들판은 조금씩 분홍빛으로 바뀌었다.

아침이 오고 있다는 생각에 나는 소스라치게 놀랐다. 벌써 아침이 오다니.

나는 어두운 우리 방에서 언니의 겁에 질린 목소리를 들은 뒤 처음으로 빈 집에 켜져 있던 불빛이 생각났다. 내가 제대로 본 것일까?

지금은 모든 것이 비현실적으로 느껴진다. 꼭 악몽을 꾼 것만 같다.

분홍빛 들판 저 멀리, 조금씩 밝아 오는 하늘을 배경으로 어두운 잿빛 집이 서 있었다. 창문은 마치 파수꾼의 눈처럼 까맣고 고요했다.

하지만 나는 파란 꽃무늬 벽지를 바른 우리 방에는 여전히 피가 흥건하다는 것을, 그것이 꿈이 아니라는 것을 잘 알고 있었다.

집에는 나 혼자였다. 엄마 아빠는 언니와 함께 가 버렸다.

언니의 머리카락은 피에 젖어 있었고 언니를 감싼 담요는 피로 얼룩져 있었다. 너무 무서워서 덜덜 떨며 방 한 귀퉁이에서 고개를 돌린 채 눈을 질끈 감고 있었던 순간들, 몇 시간이나 되는 것처럼 길게 느껴졌던 순간들이 실제로 있었다. 더 이상은 말로 표현할 수 없지만, 그 순간들은 꿈이 아니었다. 들판 너머 창문에 비친 불빛도 마찬가지였다. 나는 일어나 빈 집 앞에 쌓인 눈 위에 불빛이 창문 모양으로 반사되어 있는 것을 보았고, 그것 역시 실제로 일어난 일이었다. 그 일은 더 이상 중요하지 않지만.

나는 눈을 감고 아빠의 의자에서 잠이 들었다.

5

나는 부활절 달걀을 두 개 만들었다.

하나는 월에게 주고 하나는 몰리 언니에게 줄 것이다. 식초 냄새가 나는 염료로 색칠한 평범한 삶은 달걀이 아니었다. 그렇게 해서는 내가 바라는 색이 나오지 않는다. 어렸을 때는 언니와 함께 곧잘 그런 식으로 만들었다. 달걀을 열 개도 넘게 만들어 놓고는 먹지 않아서 다 썩어 버린 적도 있었다.

하지만 이번 달걀은 아주 특별하게 만들었다. 게다가 딱 두 개만 만들었다.

나는 하얀 달걀을 골라 속을 비우고 깨지기 쉬운 껍데기만 남겼다. 그러고는 몇 시간 동안 방에 처박혀 달걀에 그림을 그렸다.

나는 몰리 언니의 달걀을 노란색으로 칠했다. 노란색은 언니의 금발 머리를 떠올리게 한다. 또 엄마 아빠가 언니의 병실이 우울한 회색이라고 말하는 것을 들었기 때문에, 나는 노란색이 병실 분위기를 조금은 환하게 해 줄 것이라고 생각했다.

옅은 노란색 달걀 껍데기에 아주 가는 붓으로 얇은 금색 물결무늬를 두 줄 그린 다음, 그 사이에 금색과 하얀색 꽃술이 달린 파란 꽃을 섬세하게 그려 넣었다.

시간이 아주 많이 걸렸다. 달걀 껍데기가 워낙 깨지기 쉬운데다가 그림이 작고 복잡했기 때문이다. 하지만 그만한 가치가 있었다. 완성된 달걀은 정말 예뻤다. 나는 그림이 지워지지 않도록 달걀에 광택제를 발라서 윤을 냈다. 광택제가 다 마른 다음에는 달걀이 깨지지 않도록 상자에 솜을 넣고 포장했다.

엄마가 언니를 보러 포클랜드로 갈 때 달걀을 가져갔다. 노력한 보람이 있었다. 엄마는 달걀이 정말로 병실을 환하게 해 주었다고 전해 주었다. 언니는 많이 좋아졌고 그 다음 주에 퇴원을 했다.

처음에 언니는 아주 많이 아팠다.

병원에서는 가장 먼저 언니에게 수혈을 했다. 그런 다음 언니가 좀 나아지자, 무엇이 잘못되었는지 알아 내서 더 이상 코피를 흘리지 않게 하려고 여러 가지 검사를 했다.

의학이 아주 많이 발달했기 때문에 나는 의사들이 뭐가 문제인지 금방 알아 내서 곧 고쳐 줄 것이라고 생각했다. 그까짓 코피쯤이야! 그게 뭐 대단한 병이라고. 희귀한 열대성 질병이라면 모를까.

병원에서는 언니에게 수혈을 한 뒤 피를 뽑아서 검사했다. 그리고 언니의 뼈 속을 조사하고 엑스레이를 찍었다. 코피를 일으키는 원인이 무엇인지 알아 낸 다음에는 온갖 종류의 약을 가져다가 어느 게 가장 잘 듣는지 알아보았다. 어느 날, 엄마 아빠가 집에 돌아와서 언니의 등뼈에 특수한 주사를 놓았다고 말했다. 듣기만 해도 오싹했다.

나는 몹시 화가 났다. 의사들이 언니를 고쳐 주지는 않고 실험만 하면서 시간을 낭비하는 것처럼 보였기 때문이다. 맙소사! 피가 제대로 응고되지 않는다는 문제점을 알아 냈으면, 이제 무슨 약이든 병을 고칠 수 있는 약을 주고 언니를 집에 보내 줘야지!

하지만 아니었다. 의사들은 언니에게 이 약, 저 약을 써 보느라 시간을 헛되이 보내며 언니를 병원에 더 오래 잡아 두었다.

엄마 아빠도 아주 이상해졌다. 그 모든 일을 대하는 것이 의사들과 다를 게 없었다. 심지어 언니를 더 이상 사람으로 생각하는 것 같지도 않았다. 마치 언니가 실험용 표본이라도 되는 것처럼 말했다.

엄마 아빠는 병원에서 집으로 돌아오면 아주 냉정한 표정으로 이름이 긴 약들의 이야기를 주고받았다. 이게 좋을까, 저게 더 좋을까? 엄마 아빠는 약의 효과와 부작용과 써야 할 약과 쓰지 말아야 될 약에 대해서만 이야기했다. 몰리 언니 이야기를 한다고는 믿기 어려웠다.

나는 될 수 있는 한 입을 다물고 있었다.

그러던 어느 날 저녁이었다.

엄마 아빠는 '사이클로포스파마이드' 라는 약 이야기를 하고 있었다. 나는 엄마 아빠와 함께 다른 이야기들을 하고 싶었다. 내 암실이나, 열심히 만든 부활절 달걀이나, 봄방학 계획 같은 것을 이야기하고 싶었다. 아니, 아무것이라도. 그게 뭔지도 모르는데다가 발음하기도 힘든 사이클로포스파마이드만 빼고.

"그만해요! 그 얘긴 그만하라고요! 몰리 언니 얘기를 하고 싶으면, 그 바보 같은 약 말고 언니 얘기를 해요! 엄마는 언니의 캠프 참가 신청서도 안 보냈잖아요. 아직도 엄마 책상 위에 있다고요!"

나는 화가 나서 버럭 소리를 질렀다.

엄마 아빠는 내가 무엇을 집어던지기라도 한 것처럼 바라보았다. 하지만 효과가 있었다. 그 뒤로 나는 '사이클로포스파마이드'라는 말을 두 번 다시 듣지 않았고, 엄마 아빠는 다른 이야기를 했다.

이제 곧 언니가 집에 온다.

언니는 훨씬 좋아졌고 코피도 멈추었다. 온갖 약으로 언니를 괴롭힌 끝에 드디어 언니가 먹을 약을 알아 낸 모양이었다. 하지만 언니는 집에 돌아와서 한동안 수면제를 먹어야 했다. 정말 대단한 치료법이다! 언니가 병원에 갔을 때 이 사실을 곧바로 알았다면, 언니는 더 빨리 집에 올 수 있었을 텐데.

하지만 의사들이 제대로 하지 못했기 때문에 나는 언니의 기운을 북돋아 주려고 부활절 달걀을 만들었고 윌에게 줄 것도 만들었다.

나는 윌의 달걀을 특별하게 만들었다. 나는 어떤 그림을 그릴지 생각하고 또 생각하다가, 백과사전에서 향신료 부분을 뒤져 너트메그 사진을 찾아 냈다. 그러고는 달걀을 빙 돌

려가며 너트메그 꽃들을 아주 작게 그려 넣었다. 그 꽃들은
파란색 바탕 위에 아주 복잡한 주황색, 갈색, 초록색 무늬를
이루며 어우러졌다. 나는 달걀에 광택제를 바르고 포장한 다
음 상자에 담고 월의 사진을 담은 봉투도 챙겨서 월의 집으
로 걸어갔다.

언니가 아픈 다음부터 나는 월을 만나지 못했다.

처음에는 정신이 너무 없었다. 엄마 아빠가 거의 병원에서
지냈기 때문에 나는 스스로 밥을 챙겨 먹어야 했다. 언니가
조금 좋아지자 아빠는 책을 쓰는 일에 그 전보다 두 배로 열
심히 매달렸다. 언니가 많이 아팠을 때에는 책에 집중할 수
없었기 때문이다. 나도 똑같은 이유로 학교 공부에 집중하지
못했기 때문에 뒤따라가야 할 공부 양이 많았다.

하지만 점점 모든 게 좋아지고 있었다. 마침 학교는 방학
이 되었고, 언니의 병은 낫고 있었고, 집 밖의 진흙도 조금씩
마르고 있었다.

밤에는 여전히 얼음이 얼 정도로 추웠다. 나는 걸어가다가
들판 너머 빈 집으로 가는 좁은 길에 바퀴 자국이 얼어붙어
있는 것을 보았다. 이것 때문에도 나는 월을 만나고 싶었다.

끔찍했던 그 날 밤, 내가 창문에서 불빛을 본 그 날 밤부터
빈 집에서 여러 가지 일들이 일어나고 있었다. 한밤중에 보

앉던 불빛이 가장 궁금한 수수께끼였다.

그 집 앞에는 때때로 차가 한 대 서 있었고, 진입로에는 봄이 와서 녹으며 진흙 범벅이 된 눈도 말끔하게 치워져 있었다. 아주 조용한 날에는 그 집에서 톱과 망치 소리가 들려오기도 했다. 한번은 지붕 위에서 일하고 있는 남자도 보았다. 누군가가 이사 올 준비를 하고 있는 것이 틀림없었다.

나는 월의 조카가 그 집을 여인숙으로 바꾸도록 허가를 받았는지 아빠에게 물어 보았다. 아빠는 그런 이야기를 못 들었다고 말했다. 그러면서 너무 정신 없이 바빠 들판에 우주선이 착륙해도 모를 것이라고 덧붙였다.

월은 이번에도 트럭 보닛을 열고 들여다보고 있었다. 카메라를 들고 갔어야 했는데 깜빡했다. 월을 떠올리면 늘 낡은 트럭의 보닛 아래에 몸을 숙이고 있는 모습이 생각날 것이다.

"또 배터리가 나갔어요?"

나는 가까이 다가가며 물었다.

"메그! 마침 누가 와서 같이 차를 마시면 좋겠다고 생각하던 참인데. 벌써 주전자도 올려놓았거든. 하느님이 클래리스 캘러웨이 대신 너를 보내 주셔서 얼마나 기쁜지 모르겠구나. 그 할망구가 언제 한번 들르겠다고 내게 눈치를 준 게 벌써 몇 년이나 됐지 뭐냐. 그 뒤로 나는 나들이 모자를 쓴 할망구가 연체된 도서관 카드를 한 뭉치 들고 이 길로 걸어 들어오는 모습을 보게 될까 봐 늘 걱정하며 살고 있단다."

윌이 허리를 펴며 씩 웃었다.

나는 키득키득 웃었다.

클래리스 캘러웨이는 마을 도서관 사서이다. 할머니가 여든두 살이라는 것은 마을 사람 모두가 다 아는 사실이다. 누구를 만나든 할머니가 먼저 나이를 밝히기 때문이다. 클래리스 할머니는 역사보존협회 회장도 맡고 있다. 아빠는 클래리스 할머니 자신이 이 마을에서 가장 잘 보존된 역사 기념물이기 때문에 이것이야말로 '아이러니의 표본'이라고 말한다.

할머니가 윌에게 홀딱 반했다는 것은 두말 하면 잔소리이다. 윌이 도서관에 갈 때마다 할머니는 화장실로 사라졌다가 화사한 분홍색 립스틱을 바르고 다시 나타난다고 한다. 그 모습이 꼭 누이가 어릴 때 갖고 놀던 프랑스 인형처럼 보인다고 윌이 내게 말해 주었다.

"이번엔 라디에이터야. 겨울엔 배터리가 말썽이더니 봄이 되니까 라디에이터가 말썽이지 뭐냐. 여름엔 바퀴가 터지겠지. 차라리 새 트럭을 사 버릴까 하고 생각하다가도, 그러면 새 차에 생길 온갖 고장을 손보는 방법을 새로 익혀야 한다는 걸 깨닫는단다. 적어도 지금은 4월이 되면 라디에이터 관이 터지고 엔진이 과열된다는 것은 알고 있잖니. 적과 맞서기 전에 적이 어떤지 아는 게 낫지 않겠니?"

윌은 한숨을 쉬며 걸레에 손을 닦았다.

"맞아요."

난 적이나 재앙 같은 게 뭔지 모를 뿐더러 맞서고 싶은 생각도 없지만 맞장구를 쳤다.

"들어오려무나. 깜짝 놀랄 일이 있단다."

하지만 내가 먼저 윌을 놀라게 했다.

윌이 차를 따르는 동안 나는 큰 봉투에서 사진을 꺼냈다. 나는 사진 여섯 장을 부엌 식탁에 올려놓고 윌이 사진을 한 장씩 집어 드는 것을 지켜 보았다.

윌은 웃지도, 얼굴을 붉히지도, 애들이 자기 사진을 볼 때 하는 것처럼 "아니, 내가 너무 못 나왔잖아." 같은 말도 하지 않았다. 윌은 사진을 한 장씩 들고 찬찬히 살펴보며 살짝 웃음을 짓기도 하고, 물끄러미 바라보며 한참 동안 생각에 잠기기도 했다.

마침내 윌이 내가 가장 좋아하는 사진을 골라 들었다. 윌이 눈을 감고 있고 담뱃대 끝에서 나온 가느다란 연기가 사진의 옆을 따라 위로 올라가고 있는 사진이었다. 윌은 사진을 들고 창가로 가더니 더 밝은 곳에서 사진을 다시 보았다.

드디어 윌이 입을 뗐다.

"모두 좋은 사진들이구나. 내 생각엔 이게 최고인 것 같아. 구도도 좋고, 셔터를 누르는 속도와 조리개 조절도 절묘하게 들어맞았어. 얼굴의 주름까지 아주 선명하게 보이는구나. 네 카메라는 작아도 꽤 좋은 렌즈가 들어 있나 보다. 렌즈를 적당히 노출해서 연기의 선이 약간 흐릿하도록 했구나. 딱 알맞게 말이야. 연기는 덧없는데도 넌 그걸 아주 잘 잡아냈고, 그러면서도 얼굴은 뚜렷하게 나오도록 했어. 정말 멋진 사진이야."

윌이 말을 마쳤을 때, 나는 왜 갑자기 울고 싶어졌을까? 나는 '덧없다'는 말뜻도 잘 모르는데.

내 속에서 사탕 속에 든 따뜻하고 말랑말랑 시럽 같은 게 솟아올랐다. 따뜻하고 부드럽고 달콤해서 먹지 않고는 배길 수 없는 그런 무언가. 나와 똑같이 생각하고 느끼는 진정한 친구를 얻었기 때문이다. 그 느낌은 다른 어떤 것보다 소중한 것이었다. 평생 동안 그런 일을 한 번도 경험하지 못하는 사람도 틀림없이 있을 것이다.

나는 따뜻한 찻잔을 손으로 감싸 쥐고 윌을 보며 살짝 웃었다.

"메그, 우리 거래하는 게 어때?"

월이 차를 마시다가 갑자기 입을 열었다.

나는 소리 내어 웃었다.

학교에서 친구들도 내게 이런 식으로 말한다. 그것은 애들이 내 수학 숙제를 베끼고 싶다는 이야기이다. 대신 그 애들은 내게 간식으로 가져온 크림빵을 준다.

"내가 독일에서 카메라를 사 왔다고 한 거 기억나지?"

나는 고개를 끄덕였다.

"정말 좋은 카메라란다. 아주 잘 만든 거라서 세월이 흘렀어도 여전히 쓸 만하지. 왜 그렇게 오랫동안 안 썼는지 잘 모르겠구나. 마가렛이 죽고 나서 많은 것들에 흥미를 잃었던 것 같다."

월이 쉰 목소리로 말을 이었다.

"그런 건 마가렛이 바라지 않는 일이었을 텐데……. 다락방에 가서 카메라를 가져오마. 렌즈도 네 개나 있고 거기에 맞는 필터도 한 세트 있단다. 네가 그걸 써 주면 좋겠구나."

따뜻한 시럽이 다시 솟아오르기 시작했다. 내 카메라는 렌즈가 딱 하나뿐인데다가 뗐다 붙였다 할 수도 없다. 나는 다른 종류의 렌즈와 필터를 사용하는 법을 잡지에서 읽은 적은 있지만, 한 번도 써 볼 기회가 없었다.

"뭐라고 해야 할지 모르겠어요."

정말 그랬다.

"제가 어떻게 보답하면 되죠?"

내 말에, 월이 껄껄 웃었다.

"걱정할 거 없어. 아까 내가 거래를 하자고 했지? 나도 그냥 줄 생각은 아니란다. 보답으로 내게 암실을 사용하는 방법을 가르쳐 주렴. 너는 내 카메라를 쓰고 네 작은 카메라는 나한테 빌려 주는 거야. 그리고 정기적으로 나를 가르쳐 주는 거지. 내가 무언가를 새로 배워 본 지 꽤 오래 되었다는 걸 미리 말해야겠구나. 하지만 시력은 좋단다. 손도 아직 떨리지 않고."

"하지만 월, 전 이제 겨우 열세 살이에요! 누구한테 뭘 가르쳐 본 적이 한 번도 없어요!"

"사랑스러운 메그야, 모차르트는 겨우 다섯 살 때 첫 곡을 썼단다. 나이는 아무 상관 없어. 스스로를 과소평가하지 말거라. 그럼, 이제 거래를 하는 건가?"

월이 나를 진지하게 바라보았다.

나는 텅 빈 찻잔을 바라보며 가만히 앉아 있었다. 그러다가 월의 손을 잡고 흔들었다.

월의 말이 맞았다. 월의 손은 아주 단단하고 강하고 튼튼

했다.

"좋아요, 윌."

부활절 달걀이 생각났다. 이제 달걀은 시시해 보일 수도 있겠다는 생각이 들었지만 작은 상자를 꺼내 윌에게 주었다.

윌은 조심스럽게 달걀을 꺼내 들고 그림을 찬찬히 살펴보았다. 윌의 눈빛이 알겠다는 듯이 반짝였다.

"미리스티카 프라그란스."

윌이 엄숙하게 발음했다.

"너트메그. 맞지?"

윌이 덧붙였다.

"미스티카인지 뭔지 하는 건 모르겠지만, 너트메그 맞아요."

나는 윌에게 싱긋 웃어 보이며 고개를 끄덕였다.

윌은 부활절 달걀을 반짝이는 백랍 그릇에 담아 거실로 가져가서는 창문 옆에 놓인 작은 소나무 탁자 위에 올려놓았다. 우리는 멀찌감치 서서 달걀을 바라보았다.

달걀은 동양산 양탄자와 똑같이 은은한 파란색이었다. 갈색과 초록색으로 칠한 꽃들은 오래 된 목재와 잘 가꾸어져 있는 화초들과 어울렸다.

달걀은 그 자리에 참 잘 어울렸다. 말하지 않아도 윌도 잘 알고 있었다.

우리는 함께 달걀을 바라보며 서 있었다. 창문으로 비껴 들어온 4월의 햇살이 그릇과 부서질 것처럼 연약한 타원형의 껍데기에 내려앉으며 윤이 나는 탁자에 그림자를 드리웠다. 그 다음엔 양탄자에 밝은 사각형 무늬 하나를 만들었다.

"자, 서둘러야겠다. 라디에이터를 손봐야 하니까."

나는 윌의 집에서 나와 진흙투성이인 진입로 끝까지 갔다. 윌은 다시 트럭 보닛 아래에 머리를 들이밀었다.

"윌! 비어 있던 큰 집에 대해 물어 보려던 걸 깜빡했어요."

나는 몸을 돌려 윌을 불렀다.

"널 놀라게 해 주려다가 잊어버렸구나!"

윌은 고개를 들고 "으음." 하고 앓는 소리를 냈다.

나는 다시 돌아갔다. 그러고는 현관 앞 계단에 앉아 팁의 귀 옆을 살살 긁어 주었다.

"이 낡아빠진 것들아, 왜 봄만 되면 이 고생을 시키는 거냐?"

윌은 라디에이터 관을 잡아 빼며 투덜거렸다. 그러고는 큰 집에 대해 말해 주었다.

내가 물어 본 것이 바로 윌이 말해 주려던 깜짝 놀랄 만한 일이었다.

"지난 달에도 이 자리에 있었지. 여느 때처럼 트럭을 살펴 보고 있었는데, 그 때는 배터리가 문제였어. 그런데 젊은 부부가 차를 타고 이쪽으로 오는 거야. 두 사람이 내게 그 집에 대해 좀 아느냐고 물어 보더구나. 그 집에 대해 물어 본 사람이 작년만 해도 열 명은 넘을 게다. 하지만 모두 마땅찮았어. 그런 걸 어떻게 아느냐고 묻지는 말거라. 그냥 느낌으로 아는 거니까. 난 그 부부가 차에서 내리자마자 내가 찾던 사람들이라는 걸 알 수 있었단다. 벤과 마리아라고 하더구나."

윌은 이야기를 계속했다.

"벤은 내가 배터리의 납을 닦아 내는 걸 도와 주었고, 마리아는 부엌에서 우리 셋이 마실 차를 준비했단다. 나는 손을 씻고 차를 다 마시기도 전에 두 사람에게 집을 빌려 주기로 결정했단다. 꼭 들어맞는 사람인지 알기만 하면, 그렇게 쉬운 거란다. 돈은 많지 않다더라. 벤은 아직 학생인데 하버드에 다니고 있대. 여름 동안 논문을 쓸 조용한 장소를 찾고 있다는 거야."

나는 "끄응." 하고 신음소리를 냈다.

보나마나 이 산골짜기는 온통 타자기 소리로 시끄러워질 것이다.

윌이 껄껄 웃었다. 나와 똑같은 생각을 한 것이다.

"그 집에서 여름을 보내는 대신 젊은이가 집을 고쳐 주기로 했어. 집을 빌려 주겠다고 한 다음부터 주말마다 와서 일을 하고 있단다. 지붕도 손볼 필요가 있고, 전선도 손봐야 하고, 수도관도 고쳐야 해. 어쨌든 돌봐 주는 사람 하나 없이 늙으면 다 그렇게 된다는 걸, 너도 알게 될 게다."

우리는 함께 웃었다.

벌써 그 사람들이 좋아졌다. 윌이 마음에 들어 했으니까.

"마리아는 땅이 녹으면 텃밭을 가꾸겠다고 하더구나."

윌은 다시 말을 이었다.

"조만간 이사를 올 거야. 내가 벌써 네 얘기도 했단다. 네가 언제 한번 들러 주었으면 하더구나."

그런 다음 윌은 조금 쑥스러운 표정을 지었다. 윌이 그러는 것은 처음이었다.

"그런데 말이다, 뭘 물어 보는 걸 깜빡했지 뭐냐."

윌이 털어놓았다.

"뭔데요?"

윌은 눈길을 이리저리 돌리다가 대답했다. 정말 쑥스러운 것 같았다.

"글쎄, 두 사람이 결혼한 사이인지 물어 보는 걸 깜빡했지 뭐냐."

월이 말했다.

나는 갑자기 웃음이 터져 나왔다.

"어머, 월, 그게 그렇게 중요해요?"

월은 그것이 중요하지 않을 수도 있다는 생각은 해 보지 못한 것 같았다. 마침내 월이 입을 열었다.

"분명한 건, 마가렛은 그걸 중요하게 여겼다는 거란다. 하지만 글쎄, 네 말이 맞는 것 같구나, 메그. 나한테는 문제가 될 게 없어."

월은 걸레에 손을 닦으며 싱긋 웃었다.

"하지만 두 사람의 아기한테는 문제가 되겠지. 얼핏 보니까, 이번 여름쯤에 아기가 태어날 것 같더구나."

아기. 아기라니 생각만 해도 이상했다. 나는 아기를 아주 좋아하지는 않는다.

언니는 아기라면 좋아서 어쩔 줄 모른다. 언니는 아무리 적어도 아이를 여섯은 낳겠다고 말한다. 인구 증가 문제를 생각할 때 여섯은 터무니없다고 아무리 이야기해도 소용 없다.

나는 그 날 밤 언니에게 전화로 이 이야기를 해 주었다. 언니는 들판 건너편 집에서 아기가 태어난다는 생각만으로도 무척 좋아했다. 목소리도 좋았고, 아픈 뒤로 여느 때보다 더 건강해 보였다. 내가 전화로 조금만 길게 얘기해도 언니 목소리는 금세 피곤하고 축 처졌는데, 이제 언니는 다시 건강해지고 있었다.

언니는 하루 빨리 집으로 돌아오고 싶어했다.

"여기 있는 건 정말 지긋지긋해. 잘생긴 의사들이 몇 명 있긴 하지만."

나는 깔깔대고 웃었다. 의사들의 인물을 따지는 것은 언니가 다시 여느 때처럼 좋아지고 있다는 증거였다.

나는 언니에게 윌이 사진을 무척 마음에 들어 했고 독일제 카메라를 내게 빌려 주겠다고 한 것도 이야기했다.

"있지, 메그. 나 부탁 하나 해도 돼?"

"그럼."

보통 때 같으면 부탁하는 게 뭔지도 모르면서 "그럼."이라고 쉽게 대답하지는 않았을 것이다. 하지만 어쨌든 언니가 많이 아프니까.

"집에 가면 내 사진도 찍어 줄래? 정말 잘 찍어 줬으면 좋겠어. 올 여름 티어니 생일에 주고 싶어."

"내가 영화배우처럼 멋있게 찍어 줄게."

언니는 킥킥 웃으며 전화를 끊었다.

6

월은 암실을 쓰는 방법을 배우고 있다. 정말 대단하다.

벤 아저씨와 마리아 아줌마도 이사를 왔다. 아주 멋진 사람들이다.

몰리 언니는 집에 있는데, 언니답지 않게 보기 싫을 정도로 까탈을 부리고 있다.

하긴, 다들 하는 말이지만 셋 중 하나는 안 좋은 법이니까.

언니가 까다롭게 군다고 해서 정말로 짜증 낼 사람은 없다. 언니는 끔찍하게 아프니까. 나는 누구보다 그것을 잘 안다. 언니가 피투성이가 되어 누워 있던 모습은 내 머릿속에서 영원히 떠날 것 같지 않다.

언니는 이미 병원에서부터 주변의 관심을 독차지하는 데에 익숙해진 것 같았다. 전문의들에게 둘러싸여 지내면 누군들 안 그럴까?

하지만 언니는 이제 집에 왔고 건강해 보인다. 그렇지 않으면 병원에서 언니를 퇴원시키지 않았을 것이다. 그런데도 언니는 여전히 자기가 부르면 누구든 달려와야만 하는 것처럼 행동한다. 엄마 아빠는 그런 언니를 그냥 두고 본다. 정말 놀랄 일이다.

언니가 집으로 온 다음 날 점심때쯤이었다.

"참치 샌드위치 먹고 싶어요."

언니는 부엌에 있는 안락의자에 누운 채 말했다. 청바지에 헐렁한 스웨터를 입은 게 아니라면, 성인잡지에 나오는 '이달의 여인' 같은 자세였다.

"양상추도 먹을래?"

엄마가 서둘러 빵과 마요네즈를 가져오며 물었다.

세상에, "양상추도 먹을래."라니. 두 달 전만 해도 "직접 만들어 드시지요, 아가씨."라고 말했는데. 물론 엄마는 여전히 그렇게 말한다. 나한테는.

샌드위치를 만들어 줬는데 언니는 다 먹지도 않았다. 언니는 식탁으로 가서 겨우 두 입만 베어 먹고는 어슬렁어슬렁

안락의자로 돌아가 버렸다. 그러고는 배가 부르다고 말했다.

"정말 괜찮니?"

엄마가 물었다.

"날 좀 내버려 둬요, 네?"

언니가 톡 쏘아붙이고는 방으로 올라가 문을 쾅 닫았다. 물론 문은 다시 열렸다. 언니는 언제쯤 우리 방문이 짜증 낼 때 하나도 쓸모 없다는 것을 알게 될까?

그런 다음 언니는 오후 내내 낮잠을 잤다.

언니가 그런 식으로 행동한 것은 처음이었다. 드물긴 하지만 그런 행동을 하는 것은 언제나 나였고, 나는 그럴 때마다 내 자신이 아주 미웠다.

그런데 지금은 언니가 그런 식으로 행동하고 있고 나는 언니가 아주 미웠다. 아니, 언니가 아니라 언니를 완전히 딴사람처럼 만들어 버린 어떤 것을 증오하고 있었다.

엄마 아빠는 아무 말도 하지 않았다. 그것도 이상했다.

예전에는 우리 둘 가운데 누가 투덜거리면, 엄마가 늘 재미있는 몸짓을 해 보이며 잘 알아듣게 타일렀다. 그러면 우리는 곧 소리 내어 웃으며 우리를 화나게 했던 일이 무엇이었든지 간에 다 잊어버리고 마음의 안정을 찾았다.

아빠는 아주 엄한 편이었다. 아빠는 무례한 행동 때문에 낭비할 시간이 없다며 "똑바로 해!"라고 말하곤 했다. 그러면 우리는 똑바로 행동했다. 아빠의 말에는 다른 선택의 여지가 없었다.

하지만 지금 엄마는 언니가 고약하게 굴어도 싱글싱글 웃으며 놀리지 않는다. 아빠도 아빠의 규칙을 내세우지 않는다. 오히려 엄마는 걱정스러워서 어쩔 줄 몰라 하는데, 그럴수록 상황은 더 나빠진다. 아빠는 긴장한 얼굴로 침묵을 지키다가 아무 말 없이 서재로 가 버린다. 꼭 소란을 피우는 이방인이 우리 집에 들어왔는데도 그 사람을 어떻게 해야 할지 모르는 것 같다.

내 생각에, 언니가 그렇게 거슬리게 구는 이유 중 하나는 언니가 썩 예뻐 보이지 않기 때문인 것 같다. 언니는 예쁘게 보이는 것을 언제나 중요하게 생각하니까.

언니는 병원에 있는 동안 살이 빠져서 전보다 얼굴이 더 홀쭉해졌다. 언니는 병원 음식이 형편 없었기 때문이라고 했다. 그리고 더 창백해졌다. 아마도 피를 많이 흘려서 창백해진 것 같다. 적혈구가 다시 만들어지려면 시간이 걸릴 것이다.

가장 나쁜 것은 언니의 머리카락이 빠지고 있다는 것이다. 엄마 아빠는 언니가 먹는 약 때문이라고 했다. 부작용으로 머리카락이 빠진다니! 나는 언니에게 코가 떨어져 나가는 것처럼 더 심한 부작용을 일으키는 약이 있을지도 모른다고 농담을 했다. 하지만 아무도 내 말을 재미있어 하지 않았다.

엄마는 언니에게 약을 먹지 않아도 될 때가 되면, 머리카락이 전보다 더 두껍고 곱슬곱슬하게 금세 자랄 것이라고 위로했다. 그러자 언니는 "잘 됐네요."라고 빈정대듯 대꾸하고는 금발 머리카락이 잔뜩 엉켜 있는 빗만 물끄러미 바라보았다. 엄마가 머리가 더 많이 빠지면 가발을 사 주겠다고 하자 언니는 "구역질 나!"라고 내뱉고는 쿵쿵대며 방으로 들어가 버렸다.

그래서 지금 우리 집은 어려움에 처해 있다.

언니는 몸무게가 늘고 얼굴색이 좋아질 때까지 학교에 가지 않을 것이다. 언니는 머리카락이 계속 빠지면 학교에 다니지 않겠다고 한다. 엄마와 아빠는 학교 얘기를 별로 하지 않는다. 엄마 아빠는 모든 일에 의욕을 잃은 것 같다.

월은 언니에게 정말 다정하게 대해 준다.

월은 암실에서 작업을 하기 위해 일 주일에 세 번쯤 저녁에 우리 집에 온다. 그 때마다 언니에게 뭔가를 가져다 준다. 도서관에서 빌린 책이나 사탕 같은 작은 선물을 들고 온다.

어느 날 밤, 월은 자기 집 뒤에서 발견한 버들개지를 한 아름 꺾어 왔다. 새 봄을 가장 먼저 알리는 것이었다. 언니는 감동했다. 언니가 무엇인가를 보며 진정으로 행복해하는 모습은 정말 오랜만이었다.

"와, 너무 예뻐요."

언니가 다정하게 말했다.

언니는 새끼고양이처럼 부드러운 버들개지를 뺨에 대고 비볐다. 우리는 부엌에 앉아 있었는데, 내가 꽃병에 물을 담아 가져왔다.

"물은 없어도 된단다. 버들개지를 물에 꽂으면 꽃이 활짝 핀 다음 시들어 버리지. 꽃병에 그냥 꽂아 두려무나. 그러면 언제까지나 아름다울 거야."

윌이 말했다.

나는 아직도 모르는 것이 정말 많다.

나는 물을 쏟아 버리고 꽃병을 언니에게 주었다. 언니는 꽃병에 버들개지를 꽂고는 우리 방으로 올라가 언니 침대 옆에 있는 탁자 위에 놓았다.

그 날 밤, 나는 언니가 잠든 뒤에도 침대에 누워 가만히 방을 둘러보았다. 달빛이 비껴 들어와 탁자를 비추고 언니를 비추었다. 그 뒤 벽에는 버들개지 그림자가 드리워져 있었다.

월이 아는 게 많은 것은 놀랄 일이 아니다.

월은 믿을 수 없을 정도로 기억력이 뛰어나다. 암실을 같이 쓰기 시작했을 때, 나는 월에게 처음으로 사진을 인화하는 기본 과정을 보여 주었다. 월은 딱 한번만 보고도 트럭과 개를 찍은 필름을 직접 현상했다. 내게 독일제 카메라를 주기 전에 카메라가 여전히 잘 작동하는지 확인하려고 찍어 본 사진들이었다. 월은 온도, 현상액의 비율, 초 단위로 시간을 맞추는 것까지 하나도 빠짐없이 정확하게 기억했다.

월의 필름 원판은 완벽했다. 월이 '카메라를 다시 쓰고 싶은 마음이 들기를 바라며 그냥 돌아다니다가 찍은' 사진들이어서 대단하지는 않았지만, 기술적으로 완벽한데다가 현상도 아주 제대로 되었다.

월은 또 호기심이 무척 왕성하다. 월이 필름 현상하는 법을 제대로 배웠다는 것을 확인한 뒤, 나는 다음 단계로 넘어가려고 했다. 사진을 인화하는 법을 가르쳐 주려고 할 때, 월이 나를 멈추게 했다.

"잠깐. 이러면 어떻게 되지? 필름을 현상할 때 현상액의 온도를 더 높이면 말이야. 현상액을 덜 흔들면 어떻게 되지? 더 많이 흔들면? 사진을 찍을 때 필름을 덜 노출시키면 어떻게 될까? 사진을 현상할 때 현상 시간을 늘려서 그걸 보충할 수는 없을까?"

윌의 질문에, 나는 잠시 생각해 보았다.

나는 그런 일들은 생각해 본 적이 없지만 충분히 생길 수도 있는 일들이었다. 그래, 물론 보충할 수 있을 것이다.

"한 번도 그렇게 해 보지 않았어요."

나는 생각에 잠겨 말했다.

"하지만 그럴 수도 있다고 생각해요. 그런 방법이 나온 책이 틀림없이 있을 거예요. 제가……."

윌이 나를 말렸다.

윌은 안달을 내며 지금 당장 직접 해 보고 싶어했다.

"책은 꺼지라고 해, 메그. 우리가 알아 내면 되잖니? 우리가 직접 실험해 보는 거야. 그 사람도 책을 쓰기 전에 실험해 봤을 거 아니냐. 우리라고 똑같이 하지 말란 법 있니?"

그래서 우리는 그렇게 했다.

그 때가 월요일 밤이었다. 우리는 화요일과 수요일에 일부러 노출을 적게 하기도 하고 많이 하기도 하며 사진을 찍었다. 각자 필름을 몇 통씩 쓴 다음, 수요일 밤에 필름을 저마다 다른 방식으로 현상했다.

어떤 것은 온도를 다르게, 어떤 것은 현상 시간을 다르게, 또 어떤 것은 흔드는 횟수를 다르게 했다.

우리는 해냈다! 부족한 사진을 어떻게 보충해야 하는지, 어떻게 대비 효과를 크게 만드는지 또 어떻게 줄이는지, 모두 정확히 알아 냈다. 우리 둘은 기적의 팀이 된 것 같았다.

우리가 세 시간 뒤에 암실에서 나왔을 때 엄마는 부엌에서 조각보 이불을 바느질하고 있었다.

"꼭 미친 사람들이 소리치는 것 같더군요. 서로 막 소리를 질렀잖아요."

엄마는 고개를 들고 우리를 바라보며 소리 내어 웃었다.

나는 키득키득 웃었다.

우리는 정말로 소리를 고래고래 질렀다.

"현상 그릇에 그렇게 오래 담아 두면 어떻게 해요, 바보 같은 짓이에요! 다 망친다고요."

나는 암실에서 윌에게 큰 소리로 말했다.

"일부러 망치려고 하는 거야! 그래야 어떻게 되는지 확실하게 알지! 위험을 감수하지 않고 뭘 배울 수 있겠니?"

윌이 되받아 소리쳤다. 윌을 가르치는 사람은 나였는데.

"천재는 모름지기 예의범절 같은 건 무시하는 법이지요. 소리지르는 게 생산적이라면 천재는 소리를 지른답니다."

그 날 밤, 윌은 집에 가기 전에 함께 차를 마시며 엄마에게 설명했다.

엄마는 빨간색과 하얀색 줄무늬의 천 조각을 막 꿰매고 실을 끊은 참이었다. 내가 세 살 때 입던 옷에서 잘라 낸 조각이었다. 엄마는 월을 좋아한다.

"저도 창조적인 천재와 오랫동안 살다 보니 지금은 그걸 알고도 남는답니다. 믿으실지 모르겠지만 남편은 타자기에게 소리를 지르곤 하거든요."

엄마가 다시 웃으며 말했다.

"믿고말고요. 가끔 타자기에게도 소리를 지를 필요가 있다고 생각해요. 기계란 것들은 가끔 그렇게 다뤄 줘야 하지요. 저도 오늘 트럭 라디에이터에게 호통을 쳤거든요."

월은 담뱃대를 물고 아주 진지하게 고개를 끄덕이며 말했다.

엄마는 새로운 천을 네모로 자르며 빙그레 웃었다. 오랜만에 엄마가 예전처럼 마음을 놓고 편하게 웃는 모습을 보니 좋았다.

"숙제는 다 했니, 메그?"

엄마가 갑자기 물었다.

"숙제를 내팽개치고 이러는 건 아니지?"

나는 앓는 소리를 냈다.

나는 여느 때처럼 학교 공부를 잘 따라가고 있다. 하지만 지금 벌어지고 있는 일들에 비하면 수학이나 역사는 너무 따분하게 여겨졌다. 어서 다음 달이 와서 학기가 끝나면 좋겠다. 그러면 사진에 더 많은 시간을 쏟을 수 있을 것이다. 언니도 그때쯤이면 다 나아 있을 것이고 상황도 훨씬 좋아질 것이다. 우리는 벤 아저씨와 마리아 아줌마도 더 자주 보러 갈 수 있을 것이다.

두 사람이 이사를 오자마자, 윌은 나를 데리고 그들을 만나러 갔다. 몰리 언니도 함께 갔다.

나는 언니가 같이 가겠다고 해서 조금 놀랐다. 언니는 자기 외모가 너무나 형편 없다며 사람들 만나는 것을 꺼려 줄곧 방에서만 지냈기 때문이다. 그런데 내가 같이 가겠냐고 묻자, 언니는 물어 볼 필요가 없다며 그보다 더 좋은 일이 어디 있겠냐고 대답했다.

우리 셋은 햇살이 따사로운 토요일 오후에 들판을 가로질러 걸어갔다. 들판에서는 만물이 돋아나는 향기가 났다. 길을 따라갈 수도 있었지만, 그 날은 들판을 가로질러 걷는 게 더 어울릴 것 같았다.

들꽃이 막 피어나고 있었다. 꽃은 늘 놀라움을 안겨 준다. 해마다 겨울은 끝없이 계속될 것처럼 느껴진다. 도시로 돌아가더라도. 그러다 체념하고 온통 잿빛 세상에 모든 것을 내

맡기면, 갑자기 보랏빛과 노랗고 하얀 꽃망울들이 들판에 앞
다투어 환하게 피어난다.

월은 돌이 많은 들판을 걸을 때 종종 쓰는 무거운 지팡이
를 들고 왔다. 월은 우리와 함께 걸으며 지팡이로 들판에 핀
작은 꽃들과 숲의 그늘진 가장자리를 가리켰다.

"아네모넬라 다릭트로이데스, 세라스티움 아르벤스, 코르
누스 카나덴시스, 오아케시아 세실리폴리아."

월은 라틴어로 꽃 이름을 읊었다.

언니와 나는 월을 흘끗 보고는 마주 보며 싱긋 웃었다. 우
리는 아무 말도 하지 않았다.

"우불라리아 페르폴리아타"

월이 작은 종 모양의 연노랑 꽃을 지팡이로 가리키며 말을
이었다.

"그걸 빨리 세 번 말할 수 있어요?"

언니가 웃으며 물었다.

"그럼."

월이 언니를 돌아보며 싱긋 웃었다.

갑자기 나는 월이 우리를 놀리고 있다는 생각이 들었다.

"다 지어 낸 거죠? 순 거짓말쟁이! 저를 잘도 속이셨네
요!"

나는 큰 소리로 빈정거렸다.

월은 눈을 반짝이며 도도한 표정으로 나를 내려다보았다. 그러고는 지팡이로 덤불을 헤치며 한데 모여 있는 작은 보라색 꽃을 가리켰다.

"이건 비올라 페다타란다."

월은 나를 무시하고 언니에게 이야기했다.

"이파리가 새 발을 닮아서 붙여진 이름이란다. 넌 나를 믿지? 안 그러니, 몰리?"

언니가 깔깔대고 웃었다.

언니의 얇은 머리카락 사이로 햇빛이 스며들었고 아픈 뒤에 처음으로 언니의 뺨에 발그레한 빛이 돌았다.

"저는 잘 모르겠어요. 월을 믿지만, 제가 아는 것은 미역취뿐이에요."

언니는 생긋 웃으며 말했다.

"솔리다고 말이지? 여기에선 아주 흔하지만 눈여겨 볼 만한 식물이지. 꽃은 7월 말에나 핀단다. 다른 꽃들도 살펴보지 않을래? 그러려면 다시 학교에 다닐 때까지 아주 바빠질 거야. 신선한 공기를 마시면 너한테도 좋을 테고."

월이 고개를 끄덕이며 말했다.

언니는 어깨만 으쓱했다. 언니는 다른 사람이 자기 문제를 생각나게 하는 것을 좋아하지 않았다. 우리는 계속 걸었다.

아저씨와 아줌마는 뒤뜰에 텃밭을 만들고 있었는데 벌써 밭 한 쪽을 다 파헤쳐 놓았다. 아저씨는 갈아엎은 흙을 괭이로 잘게 부수고 있었다. 벌거벗은 등에 땀이 송골송골 맺혀 있었다. 아저씨는 닳아서 천을 덧댄 바지 하나만 입고 있었다. 머리에는 수건을 질끈 동여맸고 머리카락과 수염도 땀에 흠뻑 젖어 있었다. 아저씨는 우리를 보자 소리 없이 웃었다.

"휴, 구세주로군요! 저를 이 강제노동에서 구해 주려고 오셨죠?"

아저씨가 큰 소리로 말했다.

"틀렸어요. 구해 주다니요! 얼른 완두콩을 심어야 해요. 안녕하세요, 윌!"

뜰 한쪽에 앉아 있던 젊은 여자가 큰 소리로 대꾸했다.

나는 웃음이 터져 나왔다.

윌은 예전에 아기가 곧 태어날 거라고 말해 주었다. 가끔씩 나는 윌이 일흔 살이라도 어떤 일에는 좀 쑥스러워한다는 것을 잊어버린다. 아줌마는 금방이라도 물을 끓여야 되겠다는 생각이 들 정도로 잔뜩 배가 불러 있었다.

아줌마는 다리를 꼬고 앉아 배를 허벅지 위에 얹고 있었다. 아줌마는 소매를 찢은 남자 셔츠를 입고 있었는데, 맨살이 드러난 팔과 다리가 햇볕에 검게 그을려 있었다. 아줌마를 감싸고 있는 셔츠의 단추들은 간신히 채워져 있었는데, 가운데 단추는 불룩한 배 때문에 금방이라도 탁 하고 튕겨 나갈 것만 같았다.

나는 아줌마에게 더 큰 셔츠가 있었으면 좋겠다는 생각이 들었다. 아니면 아기가 얼른 태어나든가. 꼭 아기와 단추가 경쟁하는 것 같았다. 나는 임신이나 옷을 수선하는 법이나 둘 다 제대로 알지 못하기 때문에, 어느 게 먼저 아줌마의 몸에서 떨어져 나올지 알 수 없었다.

아줌마는 검은 머리를 하나로 땋아 등 뒤로 길게 드리운 채 우리 셋을 보며 웃음 지었다. 아저씨도 여전히 괭이에 기댄 채 우리를 보며 웃었다.

"내 두 친구를 소개하지. 메그 찰머스와 몰리 찰머스라네. 메그는 내가 전에도 말했지만 사진사야. 몰리는 치어리더이고. 하지만 지금은 식물학자로 변신 중이라네. 아가씨들, 이쪽은 벤 브래디와 마리아란다."

아줌마가 "마리아 애보트야."라고 말하며 우리에게 손을 뻗었다. 내가 악수를 하며 곁눈으로 보니 윌이 약간 놀라며 주춤했다. 언니는 그것을 눈치채지 못했다. 언니의 관심은 온통 아기에게 쏠려 있었다.

"아기는 언제 태어나요? 물어 봐도 괜찮죠? 전 아기가 너무 좋아요."

언니가 물었다.

아저씨가 돌멩이가 들어 있는 게 분명해 보이는 흙덩이를 부수다가 고개를 들고 싱글싱글 웃었다.

"물어 봐도 괜찮겠냐고? 각오하는 게 좋을 걸, 몰리. 한 시간이 두 시간이 되고, 세 시간이 지나도록 얘기를 하게 될 테니까. 온통 아기 얘기뿐이라니까! 옛날에, 아니 생각해 보면 그렇게 오래 전도 아니지만, 마리아와 나는 주로 책 얘기를 했어. 음악, 날씨, 정치, 뭐 그런 사소한 얘기들도 했지. 지금은 간단하게 저녁을 먹고 차를 마신 다음 베토벤의 음악을 들으며 기저귀 얘기를 한단다."

아저씨는 눈알을 위로 굴리며 말했다.

아저씨는 앓는 소리를 냈지만 사랑이 담뿍 담긴 눈길로 아줌마를 바라보고 있었다.

우리는 모두, 아줌마까지 깔깔대고 웃었다.

"아빠가 되실 분은 괭이질이나 하시죠. 몰리, 나랑 집에 들어가자. 내가 다시 손질하고 있는 요람을 보여 줄게."

아줌마가 아저씨에게 풀 한 줌을 툭 집어던지며 말했다.

"자!"

아줌마가 엉거주춤 일어서며 말했다. 아줌마가 셔츠 위로 자기 배를 쓸어 내렸다. 그래서 우리는 배가 얼마나 불렀는지 볼 수 있었다.

"아기는 7월에 태어날 거야. 믿겨지니? 나도 내 배가 이렇게 큰 게 안 믿겨져. 아기가 태어나는 날을 어떻게 계산하는지 아니? 정말 쉬워. 마지막 월경이 시작된 날짜에 7일을 더하고 그 다음엔⋯⋯."

나는 얼른 월에게 말을 걸었다. 월이 아줌마의 말에 얼마나 당황하는지 눈치챘기 때문이다.

아줌마와 언니는 집 안으로 들어갔고 아저씨는 괭이를 내려놓았다.

아저씨는 밭에 있던 돌을 날라서 진입로에 쌓은 것과 지붕을 어떻게 손보고 있는지를 보여 주었다. 나와 월은 아저씨와 함께 집 주변을 돌아다니며 이 낡은 집에 무엇이 필요한지 이야기했다. 월은 자신이 어릴 때 집이 어땠는지 설명했고, 아저씨는 집을 다시 그런 식으로 만드는 것을 생각해 보겠다고 했다.

우리는 마침내 부엌문 옆, 아무것도 없는 빈터에 섰다.

월은 예전에 거기 심었던 꽃들을 자세히 얘기하며, 월의 부인이 설거지를 하고 난 개숫물을 꽃밭에 뿌렸는데 꽃들이 더 크고 튼튼하게 자랐다고 얘기해 주었다.

"정말 좋은 생각이네요!"

아저씨가 맞장구를 쳤다.

"개숫물에는 음식 찌꺼기가 섞여 있을 테고, 거기에 영양분도 들어 있었을 거예요. 그 분은 자기도 모르는 사이에 꽃들을 잘 자라게 하신 거예요. 그거 멋진데요. 정말 멋져요. 우리도 한번 해 봐야겠어요. 우리는 저 쪽에 허브를 심을 생각이에요. 마리아는 허브 정원을 갖고 싶어 안달이거든요. 파슬리, 샐비어, 로즈마리, 타임."

아저씨는 노래를 부르듯 흥얼거렸다.

윌은 벤 아저씨나 마리아 아줌마가 벌여 놓은 법석 때문에 다소 얼떨떨한 것 같았다. 하지만 윌은 두 사람을 정말 좋아했다. 윌은 집을 보고도 기뻐했다. 이것도 정말이다.

우리는 마리아 아줌마가 만든 아이스티를 마시러 집으로 들어갔다. 집 안에는 칠이 조금씩 벗겨진 온갖 가구들로 가득 들어차 있었다. 아줌마는 그것들을 하나하나 다시 손질하느라 아주 바빠 보였다. 낡은 물레도 있었는데, 아줌마는 실 잣는 법을 배워서 쓸 것이라고 했다. 요람은 거의 다 완성되어 있었다. 반쯤 매만진 흔들의자에는 사포가 한 무더기 쌓여 있었다. 아저씨의 타자기와 책을 놓아 둔 책상은 톱질 모탕(*톱질 할 때 밑에 받치는 나무토막) 위에 낡은 문짝을 올려놓은 것이었다.

월이 앉아 있는 의자만 유일하게 의자다웠다. 씨앗이 꽉 차서 금방이라도 터질 것 같은 가을의 아스클레피아스(*쌍떡잎식물 용담목 박주가리과의 한 속. 줄기에는 털이 나 있고 자르면 흰 유액이 나온다.)처럼 속을 꽉 채운 크고 안락한 의자였다.

"아무도 알레르기성 비염이 없기를 바랍니다."

아줌마가 월이 의자에 앉는 것을 보고 웃으며 말했다.

"그 의자에 앉을 때마다 깃털이랑 먼지가 온 방 안에 날아다니거든요. 아기가 태어나면 덮개를 다시 씌울 거예요."

"마리아는 제정신이 아니에요, 정말로."

아저씨가 한숨을 쉬며 말했다.

"이러다 아침에 일어났을 때 밤새 사포로 문지르고 깎고 다듬고 칠해 놓은 내 모습을 보게 되는 건 아닌가 하고 늘 걱정 속에 산다니까요."

아저씨가 놀리는 말투로 말했다.

아줌마가 허리를 숙이며 아저씨의 맨발을 가만히 살펴보았다.

"생각해 보니까 그것도 괜찮겠네."

아줌마는 유심히 바라보며 말을 이었다.

"당신을 손 좀 봐야겠어요."

그런 다음 아줌마는 청바지를 입은 아저씨의 다리에 머리를 기댔고, 아저씨는 손으로 아줌마의 머리카락을 마구 헝클어 놓았다.

나는 말을 많이 하지는 않았다. 거기 있는 것만으로 마냥 행복했다.

해가 지며 창문을 통해 들어온 햇빛이 마루에 앉아 아저씨에게 기대어 있는 아줌마를 비추었다. 아줌마의 어깨와 두껍게 땋아 내린 머리에 금빛무늬가 드리워졌다. 나는 마음 속으로 사진을 찍었다.

언니는 끊임없이 수다를 떨었다. 긴장과 분노가 담기지 않은 언니의 목소리를 들으니 좋았다. 언니는 아줌마와 아저씨와 함께 집 안에 무엇이 더 필요한지를 얘기했다. 햇빛이 드는 창가에 내놓을 화분과 낡은 회벽에 칠할 하얀 페인트와 집 안 분위기와 어울리는 커튼 등등.

"그건 내가 직접 짤 거야."

아줌마가 큰 소리로 말했다.

아저씨는 다시 한숨을 내쉬고는 얼굴에 웃음을 띤 채 아줌마의 머리를 쓰다듬었다.

집으로 돌아오는 길에 언니는 월과 나보다 뒤처져 걸었다.

언니는 들꽃을 한 종류에 한 송이씩 모으고 있었다. 언니가 꽃들을 책갈피에 끼워 놓겠다고 하자, 윌은 꽃을 분류하는 것을 도와 주겠다며 언니가 읽을 만한 책도 있다고 했다.

"있잖아요."

나는 윌과 함께 들판을 지나 집으로 돌아가며 천천히 입을 열었다.

"저도 몰리 언니처럼 되었으면 좋겠어요. 그러니까⋯⋯ 사람들한테 어떤 말을 해야 할지 알면 좋겠어요. 가끔 저는 그냥 앉아 있기만 하거든요."

"메그."

윌이 내 어깨에 팔을 두르며 말했다.

"저기 숲이 보이지? 자작나무들 옆에 전나무가 한 그루 있는 게 보이니?"

"네."

나는 윌이 가리키는 곳을 보며 대답했다.

"그리 깊지 않은 숲 속에, 전나무 옆에 말이지, 해마다 때가 되면 용담 꽃이 무더기로 핀단다. 용담 꽃을 본 적 있니?"

이럴 수가!

나는 윌이 아주 친하다고 생각해서 정말 진지하게 내 마음을 털어놓았는데, 그 사람은 내 말을 듣고 있지 않았다. 그는 여전히 자기가 아는 풀 이야기만 늘어놓고 있었다.

"아니요. 한 번도 본 적 없어요."

나는 퉁명스럽게 대답했다.

"네가 도시로 돌아간 다음에 필 거야. 9월 말이나 10월은 되어야 꽃이 피니까. 그래도 그 때 네가 와서 꽃을 보면 좋겠구나."

"그럴게요."

나는 한숨을 쉬며 대답했다. 월의 구닥다리 용담 꽃 따위에는 관심이 없지만.

"아주 중요한 거란다. 약속하지?"

뭐, 월에게 중요하다니까. 나는 어쨌든 이 곳에 다시 오고 싶을 테고 월이 얘기한 꽃을 보는 것도 나쁘지는 않을 테니까. 어쩌면 월은 그 꽃 사진을 찍고 싶은 건지도 모른다.

"약속할게요, 월."

7

몰리 언니는 이제 투덜거리지 않는다. 조금씩 그렇게 되었지만, 나는 이런 변화가 좋은 것인지 잘 모르겠다. 언니가 아프기 전 옛날 모습으로 돌아온 것은 아니기 때문이다. 잘 웃고, 재미있고, 환하게 웃으며 기발한 생각을 내고, 열정적으로 움직이는 예전의 언니가 더 이상 아니었다.

나는 이제 언니를 모르겠다.

언니는 낯선 사람 같다. 나와 엄마와 아빠가 속해 있는 세계와 전혀 다른 세계의 일부가 되어 버린 것 같다. 언니는 조용해졌고, 더 진지해졌고, 거의 집 안에 틀어박혀 지낸다. 내가 학교에서 일어난 일을 얘기하면 언니는 귀 기울여 듣고 질문을 하기도 하지만 정말로 관심이 있는 것 같지는 않다. 내가 얘기하니까 그냥 들어 주는 것뿐이다.

언니는 겨우 몇 가지 일들에만 관심을 가진다.

언니는 온종일 꽃과 지낸다. 예전에는 들판에 피어 있는 꽃들을 꺾어다가 향기를 맡고 꽃병에 꽂아 두기만 했다. 그런데 지금은 월의 도움을 받아 꽃에 대한 공부를 하고 있다. 월이 가져다 준 책을 읽고, 들꽃의 이름을 알아 내어 분류하고, 꽃에 이름표를 붙이고, 책에 나온 순서대로 정리한다. 언니는 그러는 데 대부분의 시간을 보낸다. 언니가 꽃을 대하는 태도는 아주 진지하고 엄숙하기까지 하다. 다른 식구들은 그런 언니를 감히 놀려 댈 엄두도 내지 못했다.

언니는 갑자기 나이가 확 든 것 같다.

언니가 여전히 관심을 가지는 것은 아기이다. 언니는 마리아 아줌마를 자주 찾아가 아기 이야기를 하고 또 한다. 함께 바느질하며 아줌마가 아기 옷을 만드는 것을 돕기도 한다. 옷이 다 만들어지면 언니는 옷을 정성스럽게 다리고 반듯하게 개킨 다음 조그만 아기 물건들로 채워지고 있는 서랍에 넣는다.

언니가 앙증맞은 배냇저고리와 아기 옷에 지나치게 관심을 갖자, 벤 아저씨와 마리아 아줌마도 약간 당황한 것 같앉다.

"몰리, 지금까지 준비한 옷들만 있어도 이미 우리 아기는 이 동네에서 가장 옷을 잘 입는 아기가 될 거야. 이제 바느질은 그만하고 같이 산딸기나 따러 가자."

언젠가 아저씨가 언니에게 이렇게 말한 적이 있었다.

"메그를 데리고 다녀오세요. 저는 이걸 끝내야 해요. 아기가 태어날 때는 모든 게 완벽하게 준비돼 있어야 해요."

언니가 아저씨를 보고 웃으며 고개를 저었다.

"너, 아기들이 어떤지 아니? 아기는 그 옷에 오줌을 싸 놓을 거야. 그러니 완벽하게 준비할 필요가 없어."

아저씨가 한숨을 쉬며 말했다.

언니는 웃으며 다시 바느질을 시작했다.

이따금 언니는 아무 이유 없이 아기같이 굴기도 했다.

어느 비 오는 날 밤이었다. 우리는 저녁을 간단히 먹고 벽난로 앞에 앉아 있었다. 엄마는 조각보 이불을 만들고, 아빠는 책을 읽고, 나와 언니는 장작이 타며 불꽃이 타닥타닥 타오르는 것을 보고 있었다. 우리는 잠옷 차림이었다.

갑자기, 아주 조용히, 언니가 일어나 아빠에게 가더니 아빠의 무릎 위로 올라갔다. 아빠는 아무 말도 하지 않았다. 그냥 책을 내려놓고 두 팔로 언니를 꼭 안은 다음 불꽃을 바라보았다. 언니는 졸린 두 살배기 아기처럼 머리를 아빠의 어깨에 기댔고, 아빠는 한 손으로 아기 머리카락처럼 가늘고 성긴 언니의 머리를 쓰다듬었다.

언니가 여전히 아프다면, 언니의 변화를 이해할 수도 있다. 하지만 언니는 아프지 않다. 이제 다 나았다. 지금도 약을 먹고, 몇 주에 한 번씩 엄마와 함께 포틀랜드에 있는 병원에 가서 검사를 받고, 별 일이 없는지 확인한다. 하지만 의사들은 언니에게 곧 약을 먹지 않아도 될 것이라고 했고 그렇게만 되면 언니의 머리카락은 다시 자랄 것이다. 또 의사들은 언니의 머리카락이 다시 자라면 언니가 미인대회에서 분명히 우승할 것이라고도 했다.

엄마는 병원에서 돌아와 저녁을 먹으며 그 얘기를 했다. 언니는 그냥 웃고만 있었다. 그것은 흔히 어른들이 엉뚱한 이야기를 하는 아이들에게 지어 보이는 너그러운 웃음이었다. 한때 언니에게는 예쁘다는 말이 더없이 중요했지만 이제 모든 게 바뀌었다. 나는 이런 변화에 적응하는 법을 익혀야 한다.

6월의 어느 이른 아침이었다.

아빠가 부엌에 와서 손수 커피를 따르며 한숨을 푹 내쉬었다. 내가 아침을 막 먹고 나서 토요일 오전을 몽땅 암실에서 보내려고 계획을 세운 뒤였다.

나는 마리아 아줌마가 부엌 창가에 서 있는 모습을 필름에 담아 두었다. 요즘 나와 윌은 여러 종류의 인화지를 실험해 보고 있었다. 나는 어서 빨리 각기 다른 구성과 색조와 명암으로 아줌마를 현상해 보고 싶어서 조바심을 내고 있었다.

하지만 아빠가 커피를 따르고 부엌에 앉아 한숨을 내쉬는 것을 보니, 아빠 옆에 앉아 있는 게 낫겠다는 생각이 들었다. 무슨 일이 벌어진 게 틀림없었다.

"방금 전에 클래리스 캘러웨이 부인이 전화했단다."

아빠가 입을 열었다.

"책 반납일이 지났어요? 클래리스 할머니는 반납일을 꼭 지키라고 얼마나 잔소리를 하는데요."

아빠는 큰 소리로 웃었다.

"책을 늦게 반납하는 것에 대해서는 얘기를 잘 했단다. 그게 전부라면 좋았을 텐데. 캘러웨이 부인이 '제가 참견할 일은 아니지만……' 하고 말을 꺼내더구나. 너도 무슨 뜻인지 알지?"

"그건 참견하고 싶다는 얘기잖아요. 클래리스 할머니는 '귀찮게 하고 싶은 생각은 없지만 ……' 하고 말을 꺼내기도 해요."

"그래. 그건 캘러웨이 부인이 귀찮게 하겠다는 얘기지. 너도 잘 알고 있구나. 어쨌든 윌이 집을 빌려 준 것 때문에 그 부인이 잔뜩 화가 나 있더구나. 온 마을이 그 문제 때문에 들고 일어설 준비를 하고 있다는 거야. 캘러웨이 부인은 늘 그런 식으로 허풍을 떠니까 다 믿을 수는 없지만. 윌의 집에 히피(*1960년대 후반 미국을 중심으로 생겨 난, 기성 사회에 반발하여 자유로운 생활양식을 추구한 젊은이들)들이 살고 있기 때문이라나."

"히피요? 그게 뭐예요?"

"나도 잘 모르겠다. 벤이 수염을 기르는 것 때문에 캘러웨이 부인이 히피라고 생각하는 게 아닌가 싶어. 아니면 캘러웨이 부인이 문제 삼는 것을 네가 더 잘 알 수도 있겠구나. 벤과 마리아가 집 뒤에 대마초를 키우는 게 사실이냐?"

아빠가 얼굴을 찌푸리며 말했다.

나는 깔깔대고 웃기 시작했다.

"말도 안 돼요, 아빠. 완두콩이랑 딸기는 잔뜩 심었지만요. 벤 아저씨는 호박을 심고 싶어하는데, 아직 어떤 호박을 심을지 결정을 못 했어요. 이번 주엔 토마토와 콩을 심는대요."

"두 사람이 벌거벗고 돌아다닌다면서?"

"세상에, 아빠도 참. 아니에요, 사실이 아니라고요. 하지만 그렇다고 해도 그게 무슨 상관이에요? 두 사람은 아무도 없는 벌판에 살잖아요. 제가 갔을 때 아줌마가 셔츠를 벗고 누워서 일광욕을 하고 있던 적은 있어요. 아줌마가 저더러 그렇게 있어도 괜찮겠냐고 물어서 제가 괜찮다고 했어요. 아기가 태어날 때가 가까워지니까 너무 덥고 힘들어서 그랬던 거예요."

"그랬구나. 캘러웨이 부인이 말한 게 그 얘기였나 보다. 그런데 아기를 그냥 집에서 자기들끼리 낳을 생각이라는 게 사실이니?"

"네. 그래서 두 사람 다 출산에 관련된 책을 모조리 읽고 있어요. 아줌마는 운동도 열심히 하고 있고요. 보스턴에서는 출산 교실도 함께 다녔대요. 필요하면 읍내 의사 선생님이 와 주신다고 했고요."

아빠는 머리를 긁적거렸다.

"마음을 바꿀 생각은 없어 보이니?"

"아마 없을걸요. 그건 아주 중요한 문제라고 했거든요. 아줌마랑 아저씨는 아기가 태어나는 걸 잔뜩 기대하고 있어요. 병원이 아니라 집에서 아기를 낳고 싶어하고요. 병원이 개인을 존중해 주지 않는 것을 싫어하거든요. 그 분들에게는 아기가 아주 중요해요. 그래서 아기를 건강하고 안전하게 낳으려고 온갖 준비를 다 하고 있다니까요."

"글쎄, 어쨌든 캘러웨이 부인을 납득시키려면 애를 좀 써야 할 것 같구나. 마지막으로 한 가지 더 남았다: 두 사람이 결혼은 했겠지?"

나는 그릇에 남아 있는 콘플레이크를 휘저었다. 콘플레이크가 잔뜩 불어 있었다.

"두 사람은 서로 사랑해요. 현관 앞에 있는 안락의자에 앉아서 같이 늙어가는 이야기를 하기도 하는 걸요. '안경을 쓰고 틀니를 낀 채 키스를 하면 어떤 기분일까?' 같은 이야기를 나누던 걸요."

"그건 내가 묻는 말에 대한 대답이 아닌데. 둘이 결혼했니?"

우습게도 콘플레이크는 젖으면 그릇에 찰싹 달라붙는다. 나는 숟가락으로 그릇에 달라붙은 콘플레이크를 떼어 내기 시작했다.

"그렇지는 않은 것 같아요. 아줌마는 결혼반지를 끼지 않았고 벤 아저씨랑 성도 다르니까요."

아빠가 움찔했다.

"내가 걱정하는 게 바로 그거란다. 그 문제는 어떻게 다뤄야 할지 정말 모르겠구나, 캘러웨이 부인은 벌써 보스턴에 있는 윌의 조카한테 전화했어. 네가 벤과 마리아에게 그 얘기를 해 줘야겠다. 미리 마음의 준비를 하고 있는 게 좋을 테니까."

대단하다. 나더러 친한 사람들에게, 그것도 다음 달이면 아기를 낳을 사람들에게 가서 결혼식을 꼭 올려야 한다고 말하라는 건가? 나더러 뭘 어떻게 하라는 거야?

하지만 아빠 말이 옳다. 두 사람은 무슨 일이 일어날지 미리 알아 두어야 한다.

나는 그 날 암실에서 지내려던 계획을 취소했다.

벤 아저씨와 마리아 아줌마는 내가 전에 찍은 사진을 보고 싶어했다. 그래서 나는 윌을 찍은 사진과 현상한 지 얼마 되지 않은 몰리 언니의 사진 두 장을 챙겼다.

언니는 내가 자기 사진을 들고 가는 것도 눈치채지 못했다. 현관 계단에 앉아 들꽃을 정리하느라 정신없었기 때문이다. 언니는 윌에게 배운 대로 엄청나게 많은 꽃을 표본으로 만들어 라틴어 학명으로 된 이름표를 붙이고 있었다.

사진 속에서도 언니는 야생당근 꽃을 들고 서 있었다. 해를 등지고 있었기 때문에 언니와 꽃은 모두 윤곽만 보였다. 다른 사진에서 언니는 곱슬머리가 얼굴로 흘러내리는 것도 모른 채 고개를 숙이고 작은 꽃들을 책갈피에 끼우고 있었다.

내가 갔을 때, 벤 아저씨와 마리아 아줌마는 뒤뜰에서 빨 랫줄에 홑이불과 수건을 널고 있었다.

두 사람은 토요일마다 함께 빨래를 하고 벼룩시장에서 사 온 중고 탈수기로 물을 짰다. 아저씨는 아기가 제때 안 나오 면 아줌마를 탈수기에 넣어 쥐어짜 버리겠다고 농담을 하곤 했다. 사람을 탈수기에 넣고 쥐어짠다니, 나는 생각만 해도 소름이 끼치는데 아줌마는 재미있어 하기만 했다.

"안녕, 메그!"

아저씨가 나를 보고 밝은 목소리로 먼저 인사했다.

"다음 달에는 아마 기저귀를 널고 있을 거야."

"당신 혼자 기저귀를 널고 있을 거란 말이죠?"

아줌마가 젖은 행주를 탁탁 털어 주름을 펴며 웃었다.

"난 침대에 누워 시중을 받고 있을 테니까요. 내가 몸조리 하는 동안에는 당신이 차를 쟁반에 내서 갖다 줄 거잖아요."

아줌마가 덧붙였다.

나는 아줌마를 잘 안다. 아줌마는 침대에 누워 시간을 보 내지 않을 것이다. 아기를 낳은 바로 다음 날부터 일어나서 돌아다닐지도 모른다. 마룻바닥을 닦고, 책장을 짜고, 산딸기 잼을 만들 것이다.

나는 아줌마에게 아저씨와 함께 나머지 빨래를 널겠다고 말했다. 아줌마는 차를 끓이러 집 안으로 들어갔다.

우리는 자그마한 부엌 탁자에 둘러앉아 향긋한 박하 차를 함께 마셨다. 나는 사진을 꺼내 보여 주었다.

두 사람은 윌의 사진을 아주 좋아했다. 윌을 무척 좋아하기 때문이다. 그렇지만 몰리 언니의 사진을 더 좋아했다. 두 사람은 언니를 찍은 사진이 더 훌륭하다고 했고, 나도 그 차이를 알 수 있었다. 아마도 내가 윌과 작업하는 동안 많은 것을 배웠기 때문이기도 하고 윌의 독일제 카메라로 찍었기 때문이기도 할 것이다. 윌은 여러 가지 렌즈를 사용하는 법을 가르쳐 주었다.

언니 사진은 90밀리미터 렌즈로 찍은 것이다. 그래서 나는 언니가 사진을 찍고 있다는 것을 눈치채지 못하게 멀리서 언니를 찍을 수 있었다. 언니는 꽃에 흠뻑 빠져 있었다. 성능 좋은 렌즈는 햇빛을 받은 가느다란 머리카락과 얼굴과 손에 드리운 그림자를 섬세하게 잡아냈다.

"언니한테 같이 오자고 했는데, 기분이 별로 안 좋대요. 그래도 요람이 얼마나 만들어졌는지 보고 오랬어요."

아줌마는 자랑스럽게 활짝 웃으며 거실을 가리켰다. 완성

된 요람이 보였다. 요람은 반짝반짝 윤이 났다. 한쪽에는 뜨개질해서 만든 보송보송한 노란 담요가 개어 있었다.

"저기, 메그."

아저씨가 머뭇거리며 말을 꺼냈다.

"몰리가 어디 아프니?"

나는 언니의 병에 대해서, 코피와 병원과 수혈을 받은 것과 머리가 빠지는 약에 대해서 이야기했다. 아줌마와 아저씨는 한참 동안 아무 말도 없었다.

"안 됐구나, 안 됐어."

아저씨가 손을 뻗어 천천히 내 머리를 쓰다듬으며 말했다.

"괜찮아요. 이젠 그렇게 심각하지 않아요. 언니는 많이 좋아졌어요. 보세요."

내가 사진 한 장을 가리키며 말했다.

"언니 얼굴이 얼마나 통통해졌는데요. 퇴원해서 집에 막 왔을 때보다 몸무게가 거의 오 킬로그램이나 늘었어요."

"우리가 여기 오길 정말 잘 한 것 같아, 벤. 몰리를 위해서 말이야. 몰리는 아기를 정말 좋아하잖아."

아줌마가 차를 더 따라 주며 말을 꺼냈다. 그 얘기를 듣자, 나는 아줌마와 아저씨를 왜 만나러 왔는지 생각났다.

"아줌마, 아저씨! 마을에 있는 작은 교회 알죠?"

"물론이지. 하얀 첨탑이 있는 교회 말이지? 꼭 엽서에 있는 그림 같더라. 왜? 그걸 찍으려고?"

아저씨가 말했다.

"아니요. 지난 토요일에 엄마랑 식료품 사러 읍내에 갔다가 거기서 결혼식을 하는 걸 봤어요. 정말 멋졌어요. 신부가 계단에서 꽃다발을 던졌어요. 신부 들러리들은 모두 하늘색 드레스를 입고 있었는데……."

나는 잠시 머뭇거렸다.

"어쨌든 정말 보기 좋았어요."

아줌마와 아저씨는 둘 다 얼굴을 잔뜩 찡그렸다. 아저씨는 얼굴을 곧잘 찡그리곤 했다.

"결혼식? 쳇!"

아저씨는 눈을 험악하게 뜨고 입술을 삐죽거렸다.

"쳇!"

아줌마도 눈동자를 좌우로 굴리며 맞장구를 쳤다.

"왜요? 결혼하는 게 뭐 잘못이에요?"

내가 물었다.

둘은 깜짝 놀란 것처럼 보였다.

"아니, 결혼하는 게 잘못은 아니지. 결혼식이 끔찍할 뿐이야. 어때, 마리아, 메그에게 보여 줄까?"

아저씨가 말했다.

"그래요. 메그는 착한 아이잖아요."

아줌마가 생긋 웃으며 고개를 끄덕였다.

아저씨는 거실로 가더니 벽장에서 상자를 하나 꺼내 왔다. 그러고는 그 상자를 부엌 탁자에 내려놓았다.

"아가씨가 천박한 사진을 보고 싶어한다 이거지?"

아저씨가 눈을 가늘게 뜨고 손가락으로 턱수염을 매만지며 악마처럼 음침한 목소리로 말했다. 그런 다음 상자를 열었다.

나는 깔깔거리며 웃기 시작했다.

엉터리 사진이 아니었다. 색깔이 썩 마음에 들지는 않았지만 기술적으로는 아주 잘 찍은 사진들이었다.

하느님 맙소사! 천박한 사진이라니! 그것은 아줌마와 아저씨의 결혼식 사진이었다.

사진들은 겉표지에 금박으로 '우리 결혼식'이라고 쓰인 두툼한 하얀 가죽 앨범에 들어 있었다. 사진을 보니 아줌마와 아저씨가 왜 불쾌해하며 "쳇!"이라고 했는지 알 것 같았다.

아저씨는 턱시도를 입고 검은 중산모자를 쓰고 있었다. 아줌마는 드레스를 살짝 들어올리고 있었는데, 그 아래로 레이스 달린 파란 양말이 보였다. 교회 제단 옆에는 커다란 꽃바 구니가 놓여 있었다.

"이 꽃들이 얼마짜리 같니?"

아줌마가 물었다.

"이백 달러였단다. 세상에! 결혼식이 끝나자마자 내다 버릴 거였는데."

눈처럼 하얀 설탕을 뿌리고 새와 꽃과 리본으로 장식한 결혼 케이크는 높이가 1미터쯤 돼 보였다.

"이 케이크는 얼마였게?"

아저씨가 씩 웃으며 물었다.

"백 달러였어. 맛이 어땠는지 아니? 꼭 두꺼운 종이를 씹는 것 같았어."

수백 명의 사람들이 샴페인을 마시고 있는 사진도 있었다.

"이 사람들은 다 누구인지 알아?"

아줌마가 또 물었다.

"우리 부모님의 친구들이야. 벤의 부모님 친구들도 계시지. 이 사람들이 우리 결혼식에서 뭘 했는지 아니? 샴페인을 오백 달러어치나 마셨어."

벤 아저씨와 마리아 아줌마가 사람들과 꽃과 음식에 둘러싸여 있는 사진도 있었다. 두 사람은 카메라를 보며 웃고 있었지만 진심으로 웃는 것 같지 않았다.

"이게 누군지 알겠니?"

아저씨의 물음에 나는 고개를 끄덕였다.

"벤 브래디와 마리아 애보트란다. 우리는 시냇물이 흐르고 데이지 꽃이 가득한 들판에서 결혼하고 싶었단다. 오인조 밴드 대신 기타 연주를 원했고, 샴페인 대신 집에서 빚은 포도주를 원했단다."

아저씨는 결혼 앨범을 탁 덮고는 상자에 다시 집어 넣었다.

"왜 그렇게 하지 않았어요?"

내가 묻자, 둘 다 어깨만 으쓱해 보였다.

"가끔은 사람들을 즐겁게 해 주는 게 참 쉬울 때가 있단다. 벤의 부모님은 결혼식을 성대하게 하고 싶어했어. 우리 부모님도 거창한 결혼식을 바라셨고. 부모님들을 위해서 그렇게 한 거야."

마침내 아줌마가 입을 열었다.

"우스운 질문 하나 해도 돼요?"

"그럼."

"왜 두 분이 다른 성을 써요?"

"나는 태어날 때부터 애보트였어. 마리아 애보트. 나는 이 이름이 아주 자랑스러워. 고등학교 때 음악상을 받을 때도 마리아 애보트였고, 대학에서 정말 열심히 공부해서 파이베타카파 클럽(*미국의 우수한 대학생, 졸업생들의 모임)에 뽑힐 때도 마리아 애보트였단다. 벤과 결혼하기로 마음먹었을 때에도 마리아 애보트가 아닌 다른 사람이 되고 싶지는 않았어. 벤은 나를 이해해 주었지. 아내가 반드시 남편의 성을 따라야 한다는 법은 없거든. 그래서 나는 그렇게 하지 않은 거야. 언젠가 너도 메그 찰머스라는 이름에 대해 똑같이 느끼게 될지도 몰라."

아줌마가 대답했다.

나도 지금 당장은 메그 찰머스가 아닌 다른 사람이 되고 싶지는 않다. 다른 사람의 이름이 나의 일부분이 되다니, 기분이 묘하다. 나는 갑자기 꼬마 윌 뱅크스가 떠올랐다. 아주 오래 전에 뾰로통한 얼굴로 주저앉아 벽장 바닥에 윌리엄이라고 새겨 놓은 아이.

"있잖아요."

내가 말을 꺼냈다.

"아기 이름…… 아들이면 뭐라고 이름 지을 거예요? 딸이면요?"

그 동안 물어 볼 생각을 하지 못한 게 이상했다.

"메그, 뭐든지 좋으니까 다른 걸 물어 봐 주렴. 딸이든, 아들이든 뭐라고 부를 건지는 묻지 마. 아직 결정을 못 했거든. 그것 때문에 날마다 싸운다니까. 서로 소리 지르고 난리도 아니야. 정말 끔찍해."

아줌마가 한숨을 쉬며 말했다.

"나는 이름 걱정은 관두기로 했다. 우리 아기는 태어나면 손을 흔들면서 '안녕, 나는 누구예요.' 라고 말할 거야. 그러면 우리도 아기 이름을 알게 되겠지."

아저씨가 이어서 말했다.

그러고는 벌떡 일어나 거실을 가로질러 냅다 뛰어가서는 문을 벌컥 열었다.

"여기를 봐! 아기가 태어날 방이란다!"

거실 저편에 깨끗하게 치워진 방이 보였다. 하얀 페인트를 새로 칠한 방에는 커다란 놋쇠 침대가 놓여 있었다.

"그리고 이건 아기가 잠잘 곳이란다."

아줌마는 살짝 웃으며 맨발로 아기 요람을 가볍게 흔들었다.

"이건 아기가 입을 옷이란다!"

아저씨는 자랑스럽게 말하며 사포로 문지른 소나무 옷장 서랍에서 파란색 잠옷을 꺼냈다. 서랍에는 작은 옷들이 차곡차곡 개어져 있었다.

"이건 아기가 먹을 거란다!"

아줌마가 활짝 웃으며 손으로 가슴을 감쌌다.

"그리고……."

아저씨가 거실 한가운데에 갑자기 멈춰 섰다.

"메그, 이리 와 볼래? 너에게 보여 줄 게 있어."

아저씨가 내 손을 잡았다. 나는 내 사진을 집어 들고 아저씨에게 이끌려 뒷문 밖으로 나갔다. 어느 새 점심 시간이 다 되었다.

아저씨는 나를 데리고 완두콩이 철사 지지대를 타고 무성하게 자라 있는 뜰을 지나고, 오리나무를 뽑아내 깨끗하게 정리한 공터를 가로지르고, 아줌마가 아침마다 모이를 채워 주는 나무로 만든 새 모이통을 지나갔다.

어린 소나무 숲 뒤편에 아저씨가 잡목을 뽑아 낸 곳이 있었다. 백 년도 더 된 것 같은 돌담이 드러나 있었고, 햇빛이 숲을 뚫고 외따로 떨어져 있는 후미진 이 곳까지 들어왔다. 아저씨가 풀을 가지런히 다듬어 놓아서 그 곳은 아주 포근하고, 고요하고, 파릇파릇했다.

"만약에 아기가 살지 못하면 우리는 아기를 여기에 묻을 거란다."

아저씨가 내 어깨를 감싸며 말했다.

나는 믿을 수 없었다.

"뭐라고요?"

나는 아저씨의 팔을 밀치며 앙칼지게 말했다.

"모든 게 바라는 대로 되는 건 아니야. 아기가 죽으면, 마리아와 나는 아기를 여기에 묻을 거야."

아저씨가 단호하게 말했다.

"아기는 죽지 않아요! 어떻게 그런 끔찍한 말을 할 수 있어요?"

"나쁜 일이 절대 일어나지 않는 것처럼 꾸밀 수는 있어. 하지만 가끔은 나쁜 일이 실제로 생긴다는 걸 깨닫고 받아들여야 세상살이가 훨씬 쉬워진단다. 물론 아기는 건강하게 태어날 거야. 하지만 나와 마리아는 다른 가능성에 대해서도 얘기한단다. 만약의 경우 말이야, 만약."

나는 아저씨에게서 등을 홱 돌리고 혼자 가 버렸다. 너무 화가 나서 온몸이 부들부들 떨렸다. 뒤돌아보니, 아저씨가 호주머니에 손을 찔러 넣은 채 가만히 서서 나를 보고 있었다.

"만약의 경우에만 관심이 있는 벤 브래디! 당신은 정말 썩어 빠졌어. 아빠 될 자격이 없어!"

그런 다음 나는 집으로 돌아왔다.

오는 길에 나는 아저씨에게 말을 함부로 한 것이 미안해졌지만 돌아가기에는 이미 너무 많이 와 버린 뒤였다.

8

몰리 언니가 다시 병원에 입원한 것은 모두 내 잘못이다.

나는 언제 입을 꾹 다물고 있어야 하는지 왜 알지 못하는 걸까? 나는 벤 아저씨한테 말을 함부로 하고 나서 사과하러 갈 용기를 내지 못하고 후회만 하고 있었다. 그런데 겨우 일 주일 뒤에 몰리 언니한테도 똑같은 실수를 하고 말았다.

언니는 아침 11시가 다 되었는데도 잠옷을 입은 채 침대에 누워 있었다. 언니가 말도 못하게 게을러졌는데도 엄마 아빠 는 언니에게 한 마디도 하지 않는다. 내가 화가 났던 것은 언 니가 아침 11시에도 여전히 잠옷을 입고 있었기 때문이다.

언니는 짜증을 내고 성질을 부렸다. 언니가 왜 그랬는지는 잘 모르겠다. 학교에 갈 기회가 다시 생기기도 전에 방학이 시작되어서 그런 줄로만 알았다. 이제는 티어니 맥골드릭이 언니에게 전화하는 일도 거의 없다. 언니는 모르고 있지만, 학기 말 즈음에 티어니는 졸업반의 빨강 머리 여자애와 데이트를 하기 시작했다. 나는 이 일을 언니에게 말하지 않을 만큼의 눈치는 있다.

언니는 침대에 누워 자기 모습이 너무 끔찍하다며 못마땅해하고 있었다. 언니가 얼굴이 너무 통통하다는 둥 머리카락이 너무 가늘다는 둥 투덜거릴 때마다, 나는 지긋지긋하고 진절머리가 났다. 왜냐하면 언니는 여전히 나보다 하늘만큼 땅만큼 더 예뻤으니까.

나는 언니에게 닥치라고 했다.

언니는 내게 꺼지라고 했고, 꺼지기 전에 언니 쪽에 있던 내 운동화를 치우라고 했다.

나는 언니에게 직접 치우라고 했다.

언니는 침대에서 일어나려고 했다. 나는 언니가 내 운동화를 집어서 나한테 던질 거라고 짐작했다. 그런데 언니가 침대 밖으로 다리를 내놓았을 때, 문득 이상한 게 눈에 띄었다.

"언니! 다리가 왜 그래?"

나는 운동화 따위는 까맣게 잊어버렸다.

"무슨 소리야? 내 다리가 어때서?"

전에는 언니의 다리가 흠잡을 데 없이 보기 좋았다. 나도 언니의 다리가 매끈하다는 것을 인정할 정도였으니까.

언니가 잠옷을 들어 올려 다리를 내려다보았다.

양쪽 다리 모두 검붉은 반점으로 뒤덮여 있었다. 꼭 모기에 물린 자국처럼 보였지만 부어올라 있지는 않았다.

"아파?"

"아니."

언니는 어리둥절한 표정으로 천천히 말했다.

"이게 도대체 뭘까? 어제까지는 없었는데. 이게 생긴 줄도 몰랐어."

"어쨌든 지금은 있잖아. 아주 이상해 보여."

언니는 잠옷을 잡아당겨 다리를 감쌌다. 그런 다음 침대로 들어가서 이불을 꼭 여미며 누웠다.

"아무한테도 말하지 마."

"말할 거야. 엄마한테 지금 말할 거야."

나는 어느 새 방을 나서고 있었다.

"입 다물고 있으라니까!"

언니가 명령조로 말했다.

내가 언니의 명령을 따를 것이라고 생각하다니 어림도 없다.

나는 엄마 아빠도 꼭 알아야 한다고 생각했다. 그래서 아래층으로 내려가 언니 다리에 이상한 게 생겼다고 엄마에게 말했다. 엄마는 잔뜩 겁에 질린 얼굴로 벌떡 일어서더니 위층으로 올라갔다. 나는 엄마를 따라가지 않고 아래층에서 귀를 기울였다.

엄마와 언니가 말다툼을 하는 소리가 들렸다. 엄마가 서재에 있는 아빠를 데리고 우리 방으로 가는 소리도 들렸다. 언니는 계속 고집을 부렸다. 엄마가 위층에 있는 전화기로 가서 어딘가로 전화를 하고, 다시 언니에게 돌아가는 소리도 들렸다.

그 다음에는 언니가 우는 소리가 들렸다. 언니는 바락바락 악을 쓰며 울었다. 언니가 그렇게 우는 것은 처음이었다. 언니는 "싫어! 안 가! 안 간다니까!"라고 소리질렀다.

몇 분 뒤 모든 것이 잠잠해졌고, 아빠가 내려왔다. 아빠의 얼굴은 아래로 축 처지고 아주 피곤해 보였다.

"몰리를 다시 병원에 데려가야겠다."

아빠는 내게 불쑥 말하고는 내가 물어 볼 틈도 주지 않고 차에 시동을 걸러 나가 버렸다.

엄마는 언니와 함께 아래층으로 내려왔다. 엄마는 실내복에 슬리퍼 차림으로 흐느끼고 있었다. 문을 나서며 언니는 내가 거실에 혼자 서 있는 것을 보았다. 언니는 여전히 엉엉 울면서 내게 "미워! 네가 정말 미워!"라고 소리쳤다.

"언니, 제발 그러지 마."

나는 나지막이 말했다.

모두 자동차에 타고 출발 준비가 되었을 때 엄마가 나를 부르는 소리가 들렸다. 나는 밖으로 나갔다. 내 뒤로 방충망 문이 탕 소리를 내며 닫혔다.

"몰리가 하고 싶은 말이 있대."

엄마가 말했다.

언니는 뒷자리에서 몸을 잔뜩 옴츠린 채 손등으로 눈을 비비고 있었다.

"아저씨랑 아줌마한테 내가 올 때까지 절대 아기 낳으면 안 된다고 얘기해 줘, 알았지?"

언니가 울음을 그치려고 애를 쓰며 목멘 소리로 말했다.

"알았어. 꼭 말할게."

나는 고개를 끄덕였다. 마치 아줌마와 아저씨가 아기 낳는 일을 마음대로 할 수 있는 것처럼!

하지만 나는 언니의 말을 전하러 가기로 했다. 언니가 부탁한 거니까. 그 순간에는 언니를 위해서라면 무엇이든 해 주고 싶었다.

나는 위층으로 올라가서 운동화를 신발장에 집어 넣었다. 언니의 침대도 정리했다. 버들개지가 여전히 작은 꽃병에 꽂혀 있었다. 월의 사진이 붙어 있는 벽에는 언니의 사진 두 장과 언니의 들꽃들이 함께 자리잡고 있었다. 분필로 그은 선도 옅어지긴 했지만 여전히 그대로 남아 있었다. 좋은 방이었다. 한 시간 전에는 언니가 여기 있었고, 지금은 언니가 없다는 것만 다를 뿐이었다. 그것은 내 탓이었다.

나는 암실로 가서 전에 찍어서 현상해 둔 마리아 아줌마 사진을 챙겨 들고 들판을 가로질러 아줌마네 집으로 걸어갔다.

월이 벤 아저씨와 마리아 아줌마와 함께 점심을 먹고 있었다. 모두 바깥에 있는 간이 탁자에 둘러앉아 완두콩만으로 배를 채우고 있었다. 탁자 한가운데에 큰 그릇이 있었고, 저마다 숟가락을 하나씩 들고 완두콩을 떠먹고 있었다. 마치 세상에서 가장 정상적인 점심이라도 되는 것처럼 말이다.

"어서 오렴!"

아저씨가 나를 보고 인사했다.

"잘 지냈니? 완두콩 좀 먹어 보렴. 두 알 먹어도 돼!"

아저씨가 자신이 쓰던 숟가락에 완두콩 두 알을 담아 내게 내밀었다. 그렇게 부드럽고 달착지근한 콩은 처음이었다.

"몰리 언니가 다시 병원에 입원했어요. 자기가 집에 올 때까지 아기를 낳지 말아 달래요. 말도 안 되는 소리라는 거, 저도 알아요."

나는 윌 옆에 앉아서 입을 열었다.

그러고는 울음을 터뜨렸다.

윌이 나를 껴안고 아기를 달래듯이 가볍게 앞뒤로 흔들며 위로해 주었다. 나는 윌의 셔츠 깃이 다 젖도록 펑펑 울며 "다 나 때문이에요. 나 때문이라고요."라고 되뇌었다. 윌은 "그래그래."라고만 말했다.

마침내 나는 울음을 그치고 똑바로 앉아서 윌이 건네 준 손수건으로 코를 풀고는 무슨 일이 있었는지 다 얘기했다. 아무도 별 말이 없었다. 내 잘못이 아니라는 말만 해 주었다. 나도 그건 안다.

"가끔은 책임을 지울 사람이 있는 게 좋을 때도 있단다. 그게 자기 자신이라고 해도, 아무리 말이 안 된다고 해도 말이야."

아저씨가 말했다.

우리는 잠시 말없이 앉아 있었다.

나는 아줌마에게 아줌마가 쓰던 숟가락을 빌려 달라고 했다. 아줌마는 숟가락을 냅킨으로 닦아 주었다. 나는 큰 그릇에 남아 있던 완두콩을 다 먹어 치웠다. 완두콩은 꽤 많이 남아 있었는데 모두 내 입 속으로 들어가 버렸다. 그렇게 배가 고픈 적은 생전 처음이었다.

내가 완두콩을 먹는 동안 세 사람은 놀란 얼굴로 나를 바라보았다. 내가 그릇을 싹 비우자, 아줌마가 킥킥 웃기 시작했다. 그러다가 우리는 모두 웃음보를 터뜨렸고 지칠 때까지 웃었다.

울 때도 있고 웃을 때도 있다는 것을, 또 웃음과 울음이 어떤 때는 아주 가까이 있다는 것을 이해하는 사람들을 친구로 두는 것은 정말 멋진 일이다.

나는 마리아 아줌마 사진을 꺼냈다. 윌은 나와 함께 작업하며 그 사진들을 이미 보았다.

윌은 이제 나만큼 암실을 잘 쓰게 되었다. 하지만 우리는 관심사가 다르다. 윌은 사진의 기술적인 면에 관심이 많다. 약품이라던가, 카메라의 내부 작동법 같은 것 말이다. 나는 그런 것에는 별로 관심이 없다. 나는 사람들의 얼굴에 나타난 감정과 빛이 얼굴을 비추는 법과 부드럽게 깔리는 그림자에 더 많은 관심을 기울인다.

우리는 사진을 보며 함께 이야기를 나누었다. 아저씨는 윌

처럼 필름의 노출 시간 같은 것에 더 관심을 가졌다. 아줌마
는 나와 비슷했다. 아줌마는 아기를 감싸고 있는 배의 주변
에 둥글게 생긴 그림자나 배 한가운데 손을 모으고 있는 모
습이나 평화로우면서도 초롱초롱한 자기의 눈이 마음에 든
다고 했다.

"벤이랑 전날 밤에 얘기한 게 있는데, 네가 잘 생각해 보
고 부모님과 의논해 보았으면 좋겠어. 네가 원한다면, 또 네
부모님이 괜찮다고 하면, 아기가 태어나는 모습을 찍어 줄
수 있겠니?"

아줌마가 말했다.

"잘 모르겠어요. 한 번도 해 보지 않아서요. 제가 방해가
될 지도 모르잖아요."

나는 당황스러웠다. 그러자 두 사람 모두 고개를 저었다.

"방해가 되진 않을 거야. 우리는 다른 사람이 그 자리에
있는 것을 바라지 않아. 물론 너도 조심스럽게 좀 떨어져 있
어야 하고, 아무것도 만지면 안 되겠지. 하지만 너는 특별해,
메그. 넌 우리와 친하잖아. 언젠가 나와 마리아는 그 순간을
되돌아보고 싶을 거야. 아기가 커서 그걸 보는 것도 좋을 거
고. 이 일을 할 수 있는 사람은 너뿐이야. 물론 네가 원한다
면."

아저씨가 말했다.

나는 하고 싶은 마음이 굴뚝 같았다. 그렇지만 솔직하게 말해야 한다.

"아기가 태어나는 걸 한 번도 본 적이 없어요. 잘 알지도 못하고요."

"우리도 마찬가지야! 하지만 우리가 알려 줄게. 벤이 책도 보여 주고 미리 다 설명해 줄 거야. 그럼 넌 언제, 무슨 일이 일어날지 다 알게 될 거야. 벤, 서두르는 게 좋겠어. 시간이 얼마나 남았는지 모르겠거든. 달력으로는 아직 두 주 더 남아 있지만, 가끔 아기가 더 빨리 나올지도 모르겠다는 생각이 들어."

아줌마가 웃으며 말했다.

나는 엄마 아빠에게 얘기해 보겠다고 약속했다. 아저씨도 그러겠다고 했다. 갑자기 나는 번뜩 생각이 났다.

"아기가 밤에 태어나면요? 그럼 빛이 충분하지 않을 텐데. 플래시를 쓸 수도 있긴 하지만……."

"걱정 마!"

아저씨가 한 손을 치켜들며 말했다.

그러고는 손나팔을 만들어 아줌마 배에 갖다 대었다.

"잘 들어라, 아가야. 지금부터 아빠 말대로 몰리가 집에 올 때까지 기다려라. 그리고 꼭 낮에 나와야 한다. 알겠지?"

아저씨가 고개를 들며 말을 이었다.

"이제 잘 될 거야. 마리아와 나는 말 잘 듣는 아이를 키우기로 했단다."

나는 집으로 돌아오기 전에 아저씨를 살짝 따로 불렀다.

"죄송해요, 아저씨. 지난번에 제가 못되게 굴었어요."

내가 사과했다.

"괜찮아, 메그. 우리는 모두 후회할 말을 하며 산단다. 그럼 내가 그 날 했던 말을 이해하니?"

아저씨가 내 어깨를 꼭 껴안았다.

"아니요. 나쁜 일이 생기길 바라는 것은 잘못되었다고 생각해요. 아저씨가 왜 그런 일을 생각하는지 아직도 이해하지 못하겠어요. 하지만 제가 했던 말은 정말 죄송해요."

나는 고개를 저으며 진지하고 정직하게 대답했다.

"그래도 우리는 친구야. 잘 해 보자."

아저씨가 내 손을 잡고 흔들었다.

월은 함께 들판을 걸어 나를 집에 데려다 주었다. 월은 말이 없었다.

"메그, 넌 아직 어려. 아기를 낳을 때 같이 있어도 정말 괜찮겠니?"

거의 반쯤 왔을 때, 윌이 입을 열었다.

"왜요? 안 돼요?"

"아주 놀라고 무서울 수도 있거든. 아기를 낳는 건 쉽지 않단다."

"저도 알아요."

나는 발로 작은 돌멩이를 굴리다가 풀숲 사이로 차 버렸다.

"윌, 위험을 감수하지 않고 뭘 배울 수 있겠어요? 윌이 그렇게 가르쳐 줬잖아요!"

윌은 잠시 멈춰 서서 생각했다.

"네 말이 옳다. 모두 다 옳아."

윌은 조금 쑥스러운 것 같았다.

나는 들판을 둘러보았다.

"지난 달에 여기 가득 피었던 작은 노란 꽃들은 다 어떻게 된 거예요?"

"내년 6월에 다시 피겠지. 7월의 꽃들에게 자리를 내 주었단다. 머지않아 몰리의 미역취가 활짝 피어날 거야."

"작고 노란 꽃들이 정말 좋았는데."

나는 볼멘소리로 말했다.

"마가렛, 너는 황금빛 숲에 잎이 지는 것을 슬퍼하느냐?"

윌이 물었다.

"네?"

나는 어리둥절했다.

윌은 나를 마가렛이라고 부른 적이 없는데. 윌이 도대체 무슨 말을 하는 걸까?

"홉킨스가 쓴 시란다. 네 아빠도 알 거야."

윌이 싱긋 웃었다.

"인간은 결국 시들어가고, 네가 슬퍼하는 것은 마가렛 너 자신이구나."

윌이 더 읊었다.

"전 아니에요. 전 절대로 제 자신을 슬퍼하지 않아요."

나는 오만하게 대꾸했다.

"우리 모두 그렇단다. 우리 모두."

그게 3주 전이었다.

이제 7월도 거의 끝나간다.

언니는 아직도 집에 오지 않았다. 아기도 태어나지 않았다. 아기가 아저씨의 말대로 언니를 기다리고 있는 것은 아닐까?

나는 아줌마와 아저씨와 함께 아기를 낳는 과정을 설명한 책을 읽었고, 사진 찍을 준비를 하고 있다.

엄마 아빠는 반대하지 않았다. 내가 물어 봤을 때, 아무런 의논도 하지 않고 단지 "그러렴."이라고 대답했을 뿐이다. 둘 다 딴 데 신경 쓸 겨를이 없었다. 그리고 마침내 나도 그 이유를 알게 되었다.

며칠 전 간단하게 저녁을 먹은 뒤였다. 아빠는 식탁에서 담배를 피우고 있었다. 엄마는 설거지를 끝낸 뒤 조각보 이불을 바느질하고 있었다. 조각보 이불은 거의 마무리 단계였다.

나는 어슬렁대며 재잘거렸다. 우리 집을 갉아 먹고 있는 침묵을 깨뜨리려고 애쓰는 중이었다. 그러다가 라디오를 틀었다. 록 음악이 흘러나왔다.

"아빠, 나랑 춤춰요!"

나는 아빠의 팔을 잡아끌었다.

도시에 살 때 우리는 이렇게 시시껄렁한 춤을 곧잘 추었다. 아빠는 춤이라면 손사래를 치지만 가끔 언니나 나와 함께 부엌에서 춤을 추었다. 그러면 엄마가 배꼽을 잡고 웃었다.

아빠는 마지못해 담뱃대를 내려놓고 일어나 춤을 추기 시작했다. 딱한 아빠. 아빠의 춤 솜씨는 정말 형편 없었다. 마지막으로 춤을 추었을 때보다 나아진 게 하나도 없었다. 나는 조금 나아진 것 같은데. 그래도 아빠는 춤을 추려고 애썼다.

밖은 어느 새 어둑어둑해져 있었다. 저녁을 늦게 먹은 탓
이었다.

엄마가 불을 켜자, 부엌 벽에 언니가 걸어 놓은 들꽃 그림
이 보였다. 언니는 들꽃을 그려서 집 안 곳곳에 걸어 놓았다.

아빠와 나는 춤을 추고 또 추었다. 아빠는 땀을 뻘뻘 흘리
며 웃었다. 엄마도 웃었다.

그러다가 음악이 바뀌고 느린 곡이 흘러나왔다.

"내게 맞는 빠르기야. 저와 한 곡 추실까요, 아가씨?"

아빠가 안도의 숨을 내쉬며 말했다.

아빠는 나를 끌어당겨 품에 안았다. 우리는 옛날 영화에
나오는 사람들처럼 음악이 끝날 때까지 천천히 왈츠를 추
었다.

"언니가 여기 있으면 좋을 텐데."

춤이 끝날 때쯤 나는 아빠와 얼굴을 마주 보며 서 있다가
뜬금없이 말했다.

엄마가 들릴 듯 말 듯 작은 소리를 냈다. 고개를 돌려 보니
엄마가 울고 있었다. 나는 어쩔 줄 몰라서 다시 아빠를 보았
다. 아빠도 눈물을 흘리고 있었다. 아빠가 우는 모습은 처음
이었다.

나는 아빠에게 팔을 뻗었고 우린 함께 엄마를 껴안았다. 엄마도 우리 속으로 들어왔다.

또다시 어느 지나간 여름에 들었던, 잘 기억나지 않는 슬프고 느린 음악이 흐르기 시작했다. 우리 셋은 함께 춤을 추었다. 빙글빙글 돌고 눈물이 흐르자 벽에 걸린 들꽃들이 조금씩 흐릿해져갔다. 나는 우리를 가깝게 묶어 준 음악에 맞춰 흐느적흐느적 움직이며 팔을 더 꽉 조였다. 그 안에서, 세상과 동떨어진 우리 셋만의 울타리 안에서 우리는 흐느끼며 춤을 추었다.

나는 그제야 엄마 아빠가 말하지 않은 게 무엇인지 알았다. 엄마 아빠는 내가 그 사실을 눈치챘다는 것을 알았다. 몰리 언니가 다시는 집에 오지 못한다는 것을, 언니가 죽어가고 있다는 것을…….

9

몰리 언니가 자꾸 꿈에 나온다.

어느 때는 햇살이 가득한 짧은 꿈을 꾼다. 꿈 속에서 나는 언니와 함께 미역취가 만발한 들판을 나란히 달려간다. 옛날 모습 그대로, 내가 아는 언니가 기다란 금발 곱슬머리를 흩날리며 활짝 웃는다. 꿈 속에서 몰리 언니는 햇볕에 그을린 튼튼한 다리와 맨발로 달린다. 꿈 속에서 언니는 앞장 서서 달리다가 뒤돌아보며 나를 보고 웃는다. 그러면 나는 "같이 가! 같이 가, 언니!"라고 외친다.

"어서 와, 메그! 날 따라잡을 수 있어, 어서 와!"

따뜻한 햇살 아래, 언니가 머리카락을 흩날리며 내게 손을 내민다.

나는 잠에서 깬다.

방은 어둡고 언니 침대는 텅 비어 있다. 나는 한 번도 가보지 않은 병원 어딘가에 있을 언니를 생각하며 언니도 나와 똑같은 꿈을 꾸는지 궁금해한다.

가끔은 똑같은 들판이지만 더 어두운 꿈을 꾼다. 이 꿈에서는 내가 더 빨리 달린다. 나는 안개 자욱한 곳에 있는 어둡고 텅 빈 집에 먼저 도착해서 언니를 기다린다. 창문 밖으로 언니가 달려오는 게 보인다. 그런데 갑자기 여름이 사라진 것처럼 들판의 꽃들이 갈색으로 시들고 언니가 비틀거린다. 이번엔 언니가 나를 부른다.

"메그, 같이 가! 기다려 줘! 더 이상은 못 가겠어!"

하지만 내가 언니를 도울 수 있는 방법은 없다.

아기가 태어났는데 폭삭 늙어 있는 악몽도 꾼다. 아기는 늙고 지친 눈으로 사람들을 쳐다보고, 우리는 아기가 태어나자마자 삶을 끝내야 한다는 것을 깨닫는다. "왜? 어째서?"라고 묻지만 아기는 대답하지 않는다. 언니도 그 곳에 있다. 언니는 우리가 그렇게 묻는 것을 보고 화를 낸다. 언니는 쌀쌀맞게 어깨만 으쓱하고는 우리에게서 등을 돌려 버린다. 답을 아는 것은 오로지 언니뿐인데, 언니는 우리가 아무리 애원해도 알려 주지 않는다.

나는 꿈이 현실인 줄 알고 두려움에 떨며 잠에서 깨어난다.

아빠에게 꿈 얘기를 했다. 나는 아주 어릴 때부터 악몽을 꾸면 늘 울면서 아빠에게 갔다. 그러면 아빠는 불을 밝히고 나를 꼭 안아 주며 내가 꿈을 꾸었다는 것을 일깨워 주었다.

하지만 이제 아빠는 그렇게 하지 못한다.

저녁에 우리는 현관 앞 계단에 앉아 있었고, 나는 보송보송한 민들레 씨앗을 훅 불어 부드러운 산들바람에 날려 보내고 있었다. 해가 지고 있었다. 밤에 내 방에 찾아왔던 두려움은 멀리 가 버린 것 같았다.

"네 꿈은 현실을 반영한 거란다. 왜 그런 꿈을 꾸었는지 생각해 보면 조금은 도움이 될 거야. 몰리는 우리 곁을 떠날 거야. 아무리 네가 바라지 않아도 몰리와 헤어지게 될 거야. 삶이 왜 그렇게 빨리 끝나야 하는지 알고 싶어도, 아무도 대답해 줄 수 없어."

아빠가 말했다.

나는 손으로 민들레 줄기를 짓이겼다.

아빠의 말은 내가 왜 악몽을 꾸는지 이해하는데 아무런 도움이 되지 못했다. 어떻게 도움이 될 수 있겠는가? 그렇다고 언니를 낫게 해 주는 것도 아닌데!

"불공평해!"

나는 아주 어렸을 때 하던 식으로 말했다.

"그래, 불공평해. 하지만 그런 일도 일어나기 마련이란다. 그러면 받아들이는 수밖에 없어."

"엄마 아빠가 나한테 말하지 않은 것도 불공평해요."

나는 탓할 누군가를 찾고 싶었다.

"다 알고 있었잖아요, 아니에요? 처음부터 엄마 아빠는 다 알고 있었어요!"

아빠는 고개를 저었다.

"처음에는 의사들이 몰리의 병을 고칠 수 있을 거라고 말했어. 그래서 온갖 약을 다 써 보았지. 효과가 있는 약이 있을지도 모른다고 했어. 가능성이 있을 때는 너한테 말할 수가 없었단다."

"아직도 가능성이 있는 거잖아요?"

"메그, 우리도 그러길 바란다. 정말로 그랬으면 좋겠어. 하지만 의사들은 이제 가능성이 없다고 말했어. 몰리에게 더 이상 그 약들이 듣지 않는대."

아빠는 힘없이 고개를 저었다.

"난 의사를 믿지 못하겠어요."

아빠가 한 팔로 나를 꺼안고 저무는 해를 바라보았다.

"우리는 꿈결 따라 떠가는 신세. 우리의 짧은 인생, 잠 깨고 나니 다 흘러갔네. 셰익스피어가 한 말이란다."

아빠가 읊조리듯 말했다.

"그 사람이 뭘 알아요? 몰리 언니를 알지도 못하잖아요. 왜 하필이면 언니예요? 말썽을 부리는 건 언제나 나잖아요. 생일 케이크를 던진 것도 나였어요. 유치원 창문을 깬 것도, 가게에서 사탕을 훔친 것도 나라고요. 언니는 나쁜 짓을 한 번도 안 했다고요!"

나는 버럭 화를 내며 신경질적으로 말했다.

"그만하렴."

"상관 없어요. 누가 이유를 좀 말해 보란 말이에요."

"그냥 병에 걸린 거야. 아주 끔찍하고 지독한 병이란다. 그냥 생긴 거라고. 아무 이유도 없어."

아빠는 지친 목소리로 말했다.

"병 이름이 뭔데요?"

적과 맞서려면 먼저 적을 알아야 한다고, 윌이 말했다.

"급성 골수성 백혈병이래."

아빠는 한숨을 쉬었다.

"그거 빨리 세 번 말할 수 있어요?"

나는 비꼬듯이 말했다.

"한 번 말하는 것도 힘들구나. 가슴이 찢어질 것 같아."

아빠가 두 팔로 나를 꼭 껴안고 잠긴 목소리로 말했다.

엄마와 아빠는 포틀랜드에 있는 병원을 왔다갔다하면서 나는 한 번도 데려가지 않았다. 내가 너무 어려서 문병할 수 없다는 게 병원 규칙이라고 했다. 하지만 이유는 따로 있다. 엄마 아빠는 내가 죽어가는 언니를 보지 않기를 바라는 것이다.

나는 가겠다고 조르지 않았다.

예전에는 늘 고집을 부리며 졸랐다. 영화를 보게 해 달라고, 저녁 식사 때 포도주를 마시겠다고, 아빠가 대학에서 강의할 때 뒷자리에 앉아 수업을 듣겠다고 고집을 피웠다. "나도 나이를 먹을 만큼 먹었단 말이에요!"라고 외치며 떼를 썼던 것이 기억난다.

이제는 조르지 않는다. 엄마 아빠도 나도 떼를 쓸 만큼 어리지 않다는 것을 잘 안다.

나는 무섭다. 악몽을 꾸고 텅 빈 집에 혼자 있는 것만으로도 충분히 무섭다. 그런 것들과 싸우느라 용기도 바닥나 버렸다. 나는 언니를 보는 것이 두렵고, 엄마 아빠가 같이 가겠냐고 묻지 않아서 고맙기까지 하다.

집에 있을 때, 엄마는 조각보 이불을 이으며 옛날 일들을 이야기한다. 엄마가 이어가는 네모난 조각조각마다 추억이 담겨 있다. 지금은 조각보 이불의 한 부분이 된 연한 파란색 멜빵바지를 보며, 엄마는 언니가 그 옷을 입고 막 걷기 시작하던 때를 떠올렸다.

"몰리는 엉덩방아를 찧고 또 찧었단다. 늘 까르르 웃으며 폴짝 뛰다가 넘어지는 거야. 아빠랑 나는 몰리가 일부러 넘어진다고 생각할 정도였단다. 재미로 그러는 것 같았지. 몰리는 아기였을 때부터 늘 웃음거리를 찾아다녔어."

엄마가 빙그레 웃으며 말했다.

"저는요? 제가 걸음마를 배울 때도 생각나요?"

"물론이지."

엄마는 조각보 이불을 뒤적이며 파란색과 초록색의 꽃무늬가 있는 부분을 찾아 냈다.

"이건 작은 치마였어. 아마 네가 돌도 되기 전 여름이었을 거야. 너는 몰리가 하는 건 뭐든지 따라 하려고 했단다. 우리는 뒤뜰에 있었는데, 네가 아주 진지한 표정으로 혼자 일어서더니 잔디밭을 걸으려고 애를 쓰더구나. 넘어져도 절대 울지 않았단다. 웃지도 않았고. 이마를 잔뜩 찡그리고는 어떻게든 걸어 보려고 무지 애를 쓰더구나."

"전 아빠를 닮았어요."

"그래."

엄마가 웃으며 맞장구를 쳤다.

"언니는 엄마를 더 닮았어요. 그게 살아가는 데 더 쉬운 길이라는 생각이 늘 들었어요."

엄마는 한숨을 내쉬며 내 말을 곱씹었다.

"글쎄, 작은 일들을 웃어넘기기는 쉽지. 그러다 보면 인생이 아주 단순해지고 즐거워져."

엄마는 손가락으로 조각보 이불을 쓰다듬으며 말을 이었다.

"하지만 메그. 크고 어려운 일이 닥치면, 몰리나 나 같은 사람들은 그런 일에 맞설 준비가 되어 있지 않단다. 웃는 데 너무 익숙해져 있기 때문이지. 그래서 웃을 수 없는 일이 닥치면 무척 힘들어."

엄마는 언제나 어깨를 으쓱해 보이고는 생긋 웃으며 문제를 쉽게 해결했는데, 나는 엄마가 그러지 못하는 것을 처음 보았다.

나는 내 무기력함과 분노 때문에, 잠자는 동안 얼굴 없는 밤손님처럼 소리없이 찾아와 나를 두려움에 떨게 만드는 꿈 때문에 힘들었다. 하지만 엄마가 나보다 더 힘들다는 것을 깨달았다.

"아빠랑 제가 있잖아요. 그게 엄마한테 도움이 될지는 모르겠지만."

나는 우물쭈물 망설이며 말했다.

"오, 메그. 너와 아빠가 없었다면 난 아무것도 할 수 없었을 거야."

엄마가 나를 꼭 껴안았다.

10

벤 아저씨가 전화를 한 것은 8월 3일 새벽 5시였다. 엄마는 몰리 언니가 입원해 있는 포틀랜드의 병원 가까이에 사는 친구 집에 머물고 있었다. 엄마와 아빠는 번갈아 가며 그 집에서 지냈다. 아빠가 아저씨의 전화를 받고 나를 깨웠다.

나는 얼른 바지와 스웨터를 꿰입고 운동화를 신은 다음, 허겁지겁 카메라를 챙겨 들고 쏜살같이 들판을 가로질러 뛰어갔다. 더없이 아름다운 하루가 밝아오고 있었다. 떠오르는 붉은 해가 노란 미역취를 분홍빛으로 물들였다.

아기는 아저씨가 시킨 대로 해가 뜰 때 태어나기로 결심했나 보다. 반쯤은 말을 잘 듣는 아기가 될 모양이다. 몰리 언니가 집에 올 때까지는 기다리지 않았으니까. 하지만 아기가 우리보다 현실을 더 잘 이해하고 있는 것인지도 모른다.

문을 두드리자 아저씨가 "소독한 상태라서 문을 열 수가 없어!"라고 큰 소리로 말하며 들어오라고 했다.

"그러니까 살균인지 뭔지를 했거든."

거실에 있던 아저씨가 나를 보며 설명했다.

아저씨는 길고 주름진 하얀 셔츠를 앞쪽이 등으로 가게 뒤집어 입고서 아무것도 만지지 않으려고 두 손을 조심스럽게 치켜들고 있었다.

"시간을 잘못 계산했나 봐. 아니면 책이 엉터리든지. 생각보다 너무 빨리 진행되고 있어. 책에서 처음 진통이 몇 분 간격으로 온다고 했는지 기억나니? 이것저것 준비할 시간은 될 것 같았는데."

아저씨가 미안한 얼굴로 말했다.

"어떻게 해야 할지 모르겠어. 마리아가 한 시간 전에 일어나더니 기분이 이상하다는 거야. 그런데 지금은 나도 모르겠어. 꼭 정지 신호를 보고 되돌아가서 처음부터 다시 시작해야 할 것 같은 기분이야."

아저씨는 안절부절못했다.

"아기가 당장 나올 것 같은데, 책에 뭐라고 쓰여 있었는지 하나도 생각나지 않아. 허둥지둥 손을 소독하고는 책장을 넘기지도 못하고 있다니까. 마리아는 괜찮아. 하지만 나는 바보가 된 것 같아!"

아저씨가 어떤 느낌인지 알 것 같았다. 나도 갑자기 멍해지면서 카메라를 어떻게 작동해야 하는지 잊어버렸으니까.

"메그, 왔니?"

아줌마가 나를 불렀다. 곧 아기를 낳을 사람의 목소리치고는 놀랄 정도로 쌩쌩했다.

아저씨는 아줌마가 있는 방으로 들어가며 나더러 따라오라는 몸짓을 했다.

아줌마는 침대에 누운 채 베개를 베고 있었다. 아줌마는 발가벗고 있었지만 나는 아무렇지도 않았다. 우리는 이미 이런 상황에 대해 꽤 많은 이야기를 나누었기 때문이다.

나는 아줌마가 너무 기운이 넘쳐서 오히려 걱정스러웠다. 뭔가 잘못된 게 틀림없었다. 아기를 낳는 게 쉬운 일은 아닐 텐데. 하지만 아줌마는 행복하고 힘이 넘쳐 보였다. 새파랗게 겁에 질린 것은 나와 아저씨였다.

나는 카메라를 들고 아줌마가 웃는 모습을 찍었다. 카메라를 손에 쥐자 마음이 편안해졌다. 빛도 적당했고, 조절 장치도 내가 다루는 대로 움직였다. 다 좋았다.

아저씨는 청진기를 아줌마의 배에 대고 아기의 소리를 들었다. 아저씨도 나와 똑같이 편안해졌다는 것을 알 수 있었다. 이 간단한 도구들을 집어 들자 모든 상황을 다시 손 안에 쥐게 된 것이다.

"들어 보렴!"

아저씨가 내게 청진기를 건네며 말했다.

나는 카메라를 내려놓았다. 그러고는 아저씨가 가리키는 곳에 청진기를 대고 힘차게 고동치는 아기의 심장 소리를 들었다. 힘차고 생기 있는 소리였다. 아줌마가 나를 호기심어린 눈으로 바라보고 있었다. 아줌마는 내가 살짝 웃는 것을 보더니 고개를 끄덕였다.

아줌마가 눈을 감고 숨을 거칠게 쉬기 시작했다. 나는 다시 아줌마의 사진을 찍고 아저씨를 향해 카메라를 돌렸다. 아저씨는 허리를 숙이고 아줌마를 주의 깊게 바라보고 있었다. 온 정신을 한데 모으고 아줌마를 지켜 보는 아저씨의 얼굴도 카메라에 담았다. 아줌마가 무릎을 굽히며 허리를 뒤로 살짝 젖혔다. 방 안에서는 아줌마의 숨소리 외에는 아무 소리도 들리지 않았다. 나는 아줌마의 온몸에 흐르는 긴장감을 느낄 수 있었다.

"이리 와 보렴."

아저씨가 내게 속삭였다.

나는 자리를 옮겨 침대 발치로 갔다. 아기가 나오는 길이 넓어지고 팽팽해지며 분만에 필요한 근육들이 떨리는 듯 하더니, 아기의 정수리가 보이기 시작했다. 까만 머리카락도 보였다.

그러다가 벙어리장갑을 낀 주먹이 소매 속으로 쏙 들어가 버리는 것처럼 눈앞에서 아기의 머리가 사라졌다. 아줌마가 눈을 뜨고 한숨을 토해 냈다.

"다 잘되고 있어."

아저씨가 아줌마의 머리 가까이로 옮겨가서는 조용히 말했다.

"머리가 보였어. 금방, 아주 금방 태어날 거야."

아저씨가 부드러운 목소리로 말했다.

아저씨가 아줌마를 보며 웃었고, 나는 두 사람이 함께 있는 모습을 찍었다. 두 사람은 내가 거기 있다는 것을 잊은 것 같았다.

아줌마가 다시 눈을 감고 숨을 깊게 들이쉬었다. 아저씨는 다시 잽싸게 침대 발치로 갔다. 나는 아저씨 뒤에 서서 지켜보았다. 그러다가 카메라 생각이 나서 침대에서 멀리 떨어져 아줌마의 몸 전체를 찍었다.

아줌마는 침착하게 기운을 차리고 턱을 들고 입을 벌린 채 숨을 몰아쉬며 기다렸다. 갑자기 아줌마가 "끙!" 하고 신음소리를 내며 온몸을 위로 치올렸다.

"천천히, 천천히."

아저씨가 중얼거렸다.

아저씨는 아기의 머리에 조심스럽게 손을 대고 아줌마의 몸 밖으로 이끌었다. 나는 가까이 다가가 알처럼 둥근 머리를 들고 있는 강인한 손을 찍었다. 작고 납작한 얼굴이 내 쪽을 향하고 있었다. 얼굴선이 마치 대충 그린 만화의 선 같았다. 일자로 굳게 다문 입, 부어올라 간신히 틈만 보이는 꼭 감은 두 눈, 작고 쭈글쭈글한 코. 아줌마가 다시 힘을 뺐다. 아저씨는 여전히 서서 손으로 아기의 머리를 조심스럽게 감싸고 있었다. 아기는 플라스틱 장난감에 색칠을 해 놓은 것처럼 아무런 움직임도 없었다.

"한 번만 더."

아저씨가 아줌마에게 말했다. 아줌마는 그 말이 들리지 않는 것 같았다.

아줌마가 이를 악물고 힘을 주었다. 자그마한 몸뚱이가 아저씨 쪽으로 미끄러지듯 빠져나왔고, 아줌마는 숨을 몰아쉬었다.

들리는 소리라고는 아줌마의 숨소리뿐이었다. 나는 사진을 찍고 있었지만 카메라 셔터 소리도 들리지 않았다. 오로지 지칠 대로 지친, 길고 평온한 숨소리만 들렸다.

그런 다음 아기 울음소리가 들렸다!

아저씨는 아기를 손으로 문질러 주었다. 약간 푸르스름한 빛이 감도는 아기의 좁은 등을 살살 문질렀다. 믿을 수 없을 정도로 앙증맞은 팔과 다리가 꿈결에 놀란 것처럼 옴찔했다. 마침내 아기가 울음을 터뜨렸다. 아줌마가 빙긋이 웃으며 아기를 보려고 머리를 들어올렸다.

"사내아이야. 내가 아들일 거라고 했잖아."

아저씨가 아줌마를 보며 활짝 웃었다.

아저씨는 아기를 아줌마의 배 위에 올려놓았다가 탯줄을 두 군데 묶은 다음 그 사이를 조심스럽게 잘랐다.

아기는 엄마에게서 자유로워졌지만 좀더 가까이 있고 싶은 것처럼 배에 꼭 달라붙어 꼬물거렸다.

그 몇 분 사이에 아기의 얼굴은 푸르스름한 잿빛에서 분홍빛으로 바뀌었고, 납작하던 얼굴은 물먹은 스펀지처럼 부풀어 팽팽해졌다. 조그만 코는 어느 새 볼록 솟아 부드럽고 완벽한 곡선을 그렸고 가느다란 입술은 무엇을 찾기라도 하는 듯 오물거렸다. 아기는 입술 사이로 혀를 내밀어 공기를 맛

보았다. 떴다 감았다 하며 눈을 깜빡거리다가 가느스름하게 실눈을 떴다. 아줌마의 몸에 머리를 대고 있어서 아기의 이마에 주름이 잡혔다. 아줌마는 한 손을 뻗어서 아기를 부드럽게 어루만지며 살며시 웃었다. 그런 다음 눈을 감고 가만히 있었다.

"내가 뒷정리를 하는 동안 아기를 좀 안고 있을래?"

아저씨가 탁자에 쌓아 둔 물건들 중에서 하얗고 보드라운 수건을 내게 건네며 말했다.

나는 한쪽 구석에 카메라를 내려놓고 아기를 수건으로 감싸 안았다.

아기는 아주 작고 가벼웠다. 나는 아기를 안은 다음 수건을 걷어 내어 작은 얼굴이 아줌마에게 보이도록 했다.

"고마워."

아줌마가 나를 보고 웃으며 작은 목소리로 말했다.

나는 아기를 안고 문이 열려 있는 현관으로 데려갔다. 해가 금빛으로 빛나고 있었고, 들판의 키 큰 풀과 꽃에 맺힌 이슬은 모두 말라 버린 뒤였다. 새들도 잠에서 깨어 있었다.

"들리니? 새들이 너에게 노래하고 있어."

나는 아기에게 나직이 속삭였다.

하지만 아기는 손가락을 살짝 펴서 내 가슴에 댄 채 편안하게 잠들어 있었다.

나는 흔들의자에 앉아 의자를 천천히 앞뒤로 흔들었다. 부드럽게 움직이는 의자의 리듬으로 갑작스럽고 고된 여행을 막 끝낸 아기를 포근히 감싸 주고 싶었다.

아기가 태어날 때 아줌마의 온몸을 감싸던 거역할 수 없는 힘이 떠올랐다. 생명을 얻기 위해 엄마의 몸에서 빠져나올 때 아기는 얼마나 놀라고 고통스러웠을까? 아기가 태어나는 과정은 생각했던 것보다 더 조마조마했다.

나는 한 손으로 수건의 귀퉁이를 잡고 아기의 얼굴을 닦아 주었다. 아기의 얼굴에는 태어날 때 묻은 얼룩이 그대로 남아 있었다. 수건이 닿자 아기가 놀랐는지 움찔하며 눈을 떴다. 손가락도 꼬물꼬물 움직였다. 그러고는 다시 고른 숨을 쉬며 새근새근 잠이 들었다. 아기가 마치 웃는 것처럼 양쪽 입 꼬리를 살짝 움직이며 나지막하게 옹알이를 했다.

"아저씨."

나는 작은 목소리로 아저씨를 불렀다.

"응? 괜찮니? 나도 거의 끝나 간다."

"네, 좋아요. 아기가 행복하다고 아빠한테 말해 달래요."

아저씨는 수건에 손을 닦으며 아줌마가 있는 방에서 나왔다. 아저씨가 몸을 숙여 아기를 내려다보고는 씩 웃었다.

"아기가 행복하다고 그래? 내가 이 녀석이 자기 이름을 말해 줄 거라고 했지? 내 말이 맞았어!"

나는 아저씨에게 아기를 건네고는 카메라를 가지러 방으로 들어갔다가 아줌마의 뺨에 입을 맞추었다. 아줌마는 담요를 꼭 여미고 잠들어 있었다. 나는 세 사람을 뒤로 하고 아빠가 기다리고 있는 집으로 돌아왔다.

아줌마와 아저씨는 아기 이름을 해피(*해피happy는 영어로 '행복하다'는 뜻)라고 지었다. 이름은 '해피 윌리엄'이고 성은 아저씨와 아줌마에게 각각 따서 '애보트-브래디'라고 했다. 윌은 이 얘기를 듣고 처음에는 좀 어리둥절했다.

"해피 윌리엄이라고?"

윌은 놀라며 되물었다.

"무슨 이름이 그러냐?"

윌은 잠시 생각에 잠겼다.

"하기는 스위트윌리엄(*수염패랭이꽃)도 있으니까. 그 꽃의 학명은 디안투스 바르바투스란다. 그러니 아기에게 해피 윌리엄이라는 이름을 붙이지 못할 이유도 없지. 이름에 걸맞게 살면 되는 거야."

갑자기 나는 몰리 언니에게 이 이야기를 해 주고 싶어졌다.

전에는 언니를 보는 게 무서웠는데 이제는 그렇지 않다. 왜 그런지 설명할 길은 없다. 내게 생긴 일이라고는 마리아 아줌마가 해피를 낳는 것을 본 것뿐인데, 어떤 이유에서인지 그게 영향을 미친 것 같다.

아빠가 나를 포틀랜드로 데려다 주었다.

"몰리가 여전히 '우리의 몰리'라는 것을 늘 명심해야 해. 나도 그게 힘들긴 하단다. 병실에 들어갈 때마다 온갖 기계 장치를 보며 깜짝깜짝 놀라지. 그것들이 몰리와 너를 갈라 놓는 것처럼 보일 거야. 그래도 그런 건 무시하고 몰리만 보면 돼. 무슨 말인지 알겠니?"

가는 길에 아빠는 병원에 가면 어떤 상황일지 내게 미리 말해 주려고 했다.

"아니요."

나는 고개를 저으며 대답했다.

"하기는 나도 자신이 없는데. 너는 몰리를 생각할 때 어떤 모습을 떠올리니?"

아빠가 한숨을 내쉬며 물었다.

나는 잠깐 동안 말없이 생각해 보았다.

"주로 언니가 웃는 얼굴이 생각나요. 아프고 난 다음에, 언니가 햇빛을 받으며 아침에 들판으로 달려가 새로 핀 꽃들을 찾던 모습도요. 가끔 창가에서 지켜 보았거든요."

"그래, 바로 그거야. 나도 그런 식으로 몰리를 생각하지. 하지만 병원에 가 보면 몰리의 모든 것이 달라졌다는 걸 알게 될 거야. 그래서 기분이 이상해질 거야. 너는 달라지지 않았고 몰리와 다른 세계에 있으니까. 아마 몰리는 자고 있을 거야. 편안하게 있기 위해 약을 먹어서 그렇단다. 몰리는 말도 할 수 없어. 숨쉬기 편하라고 목에 튜브를 꽂아 놓았거든. 그런 몰리가 처음엔 낯설어 보일 거야. 겁도 나겠지. 하지만 들을 수는 있으니까 몰리에게 얘기하렴. 튜브니 주사 바늘이니 약이니 하는 것들을 신경 쓰지 않으면, 우리의 몰리는 여전히 그대로라는 걸 알게 될 거야. 그걸 명심해야 한다. 그러면 마음이 편할 거야."

아빠는 구부러진 길의 한가운데에 있는 하얀 선을 따라 아주 조심스럽게 운전하고 있었다.

"그리고 메그."

"네?"

"기억해 둘 게 한 가지 더 있단다. 몰리는 고통스러워하지도 않고 두려워하지도 않아. 아파하고 겁에 질려 있는 건 나와 엄마와 너뿐이란다. 설명하기는 힘들지만, 몰리는 혼자서 이 상황을 잘 견뎌 내고 있단다. 몰리한테는 우리가…… 몰리한테는 우리의 사랑이 필요하지만 우리한테 아무것도 바라지 않아."

아빠는 목멘 소리로 말했다.

"죽음은 아주 외로운 거야. 우리가 할 수 있는 것이라곤 몰리가 바랄 때 옆에 있어 주는 것뿐이야."

나는 집에서 들고 온 조그마한 버들개지 꽃병을 무릎에 올려놓고 손을 뻗어 아빠의 손을 꼭 잡았다.

엄마는 병원에 있었다. 우리 셋은 병원 일층에 있는 식당에서 함께 점심을 먹었다. 우리는 주로 해피 이야기를 했다.

"해피를 처음으로 안았을 때요, 엄마. 아기가 나를 보고 웃는 것 같았어요."

갑자기 엄마는 무엇인가 기억이 떠오른 것 같았다. 엄마는 입을 열려다가 다물고는 잠시 골똘하게 생각에 잠겼다.

"몰리가 태어났을 때가 생각나는구나. 정말 특별한 순간이었어."

한참 뒤에 엄마가 입을 열었다.

엄마는 몰리 언니가 깨어 있고 내가 오는 것도 알고 있으며 나를 만나고 싶어한다고 말했다. 나는 엄마 아빠를 따라 병실로 올라갔다.

언니는 아주 작아 보였다. 태어나서 처음으로 내가 언니보다 더 나이가 많고, 더 크다는 느낌이 들었다. 하지만 더 예쁘다는 생각은 들지 않았다. 언니보다 예쁘다는 생각은 결코 하지 못할 것이다.

언니의 머리카락은 하나도 남아 있지 않았다. 길고 곱슬곱슬하던 금발은 이제 더 이상 언니의 일부가 아니었다. 피부가 너무 투명해서 언니는 하얀 베개를 베고 병원 침대에 누워 있는 정교한 도자기 인형 같았다. 언니 머리 위에는 쪽지가 붙어 있는 유리병들과 플라스틱 주머니들이 쇠로 된 걸이에 대롱대롱 매달려 있었다. 튜브가 언니의 왼쪽 팔에 꽂혀 있는 주사 바늘로 연결되어 있었다. 나는 물약이 눈물처럼 똑똑 떨어지는 것을 지켜 보았다. 목을 뚫고 들어가 있는 관은 깨끗한 반창고로 단단하게 고정되어 있었다. 나는 마음 속에서 이 모든 것들을 몰리 언니에게서 떼어 내려고 애썼다.

언니는 눈을 감고 있었는데, 속눈썹이 언니의 뺨에 멋진 그림자를 드리우고 있었다. 창문으로 들어온 햇살이 언니 침대에 아롱아롱 무늬를 만들었다. 밖에 서 있는 나무의 잎사귀들이 바람에 흔들리며 언니의 손과 팔을 비추던 햇빛을 쓸어가 버렸다.

"언니."

언니가 눈을 뜨더니 옆에 선 나를 보고 웃었다. 언니는 내가 얘기해 주기를 기다렸다.

"언니, 아기가 태어났어."

언니는 다시 웃었지만, 아주 졸려 보였다.

"사내아이야. 아줌마 아저씨가 바라던 대로 집에 있는 놋쇠 침대에서 태어났어. 아주 금방 태어났어. 아저씨는 몇 시간이나 기다려야 될 줄 알았는데, 아줌마가 막 웃으면서 '아니, 지금 나올 것 같다니까!' 라고 말했어. 정말 그랬어. 아저씨가 아기를 들어서 아줌마 배에 올려놓았어. 아기는 몸을 옹크리고 잠이 들었고."

언니는 나를 보며 이야기를 들었다. 한순간 우리는 예전으로 돌아가 어두운 밤에 우리 침대에 누워 이야기하고 있는 것만 같았다.

"그런 다음에 아저씨가 나한테 아기를 안겨 주었어. 나는 아기를 문가로 데려가서 해가 뜨는 걸 보여 주었어. 새들이 아기에게 노래한다고 말해 줬지. 윌이 나중에 커다란 야생화 꽃다발을 들고 왔어. 나는 그 꽃 이름을 몰라. 언니는 아는 꽃일 텐데. 노랗고 하얀 꽃이었어. 마리아 아줌마랑 벤 아저씨랑 윌이 모두 언니를 사랑한다고 전해 달래."

언니는 손을 뻗어 내 손을 꼭 쥐었다. 언니의 손은 해피의 손보다 약했다.

"아줌마랑 아저씨가 언니가 야생당근 꽃을 들고 있는 사진을 한 장 더 뽑아 줄 수 있냐고 묻더라. 거실 벽에 걸어 놓고 싶대."

하지만 언니는 더 이상 듣고 있지 않았다.

언니는 눈을 감은 채 고개를 돌렸다. 언니의 손이 내 손에서 스르르 미끄러지는가 싶더니 언니는 곧 다시 잠이 들었다. 나는 버들개지 꽃병을 침대 옆에 있는 탁자에 놓아 두었다. 언니가 깨어나면 볼 수 있을 것이다. 나는 언니를 혼자 남겨 두고 병실에서 나왔다.

"윌이 시를 읊어 준 적이 있어요. '네가 슬퍼하는 것은 마가렛 너 자신이구나.' 라는 시였는데, 저는 윌에게 절대로 제 자신을 슬퍼하지 않는다고 말했어요. 하지만 윌이 옳은 것 같아요. 저는 언니가 그리워서 너무 슬퍼요. 언니랑 싸우던 것까지도 그리워요."

집으로 오는 길에 나는 아빠에게 말했다.

아빠는 나를 아빠 쪽으로 가까이 끌어당겨 팔로 감싸 안았다.

"메그, 넌 오늘 아주 잘 했어. 미리 말해 주지 못해 미안하구나. 나도 나 자신을 슬퍼하느라 정신이 없었단다."

그런 다음 우리는 집으로 오는 내내 노래를 불렀다.

"마이클, 노를 저어 물가로 가자."

음정은 거의 맞지 않았고, 우리는 가사도 새로 지었다.

"아빠의 배는 책 배, 엄마의 배는 조각보 이불 배. 메그의 배는 카메라 배. 마리아와 벤의 배는 해피 배, 윌의 배는 집 배."

그렇게 노래를 부르자 훨씬 더 재미있었다.

마지막으로 우리는 "몰리의 배는 꽃 배"라고 노래를 지어 불렀다.

그 노래가 끝날 즈음, 우리 차는 속도를 줄이고 우리 집으로 난 흙길로 접어들었다.

2주 뒤에 언니는 영영 우리 곁을 떠나 버렸다. 그 날 오후, 언니는 그냥 눈을 감고는 다시는 눈을 뜨지 않았다. 엄마와 아빠는 버들개지를 집으로 가져와 나더러 잘 간직하라고 했다.

11

시간이 흘러도 우리 인생은 여전히 그 자리에 남아 있다. 우리는 묵묵히 살아가야 한다.

시간이 좀 지나면 나쁜 일보다 좋은 일을 더 자주 기억하게 된다. 텅 빈 침묵은 이야깃소리와 웃음소리로 조금씩 채워지고 뾰족하기만 하던 슬픔의 모서리도 점점 닳아 무뎌진다.

몰리 언니가 없으니 예전과 똑같은 것은 하나도 없다. 하지만 여전히 우리를 기다리는 세상이 있고 그 속에는 좋은 일들도 있다.

9월이 되었다. 그새 우리 집이나 다름없어진 작은 집을 떠날 때가 된 것이다.

나는 현관문을 두드리는 소리에 대답하고는 이층 서재로 올라갔다.

아빠는 우울한 얼굴로 책상에 앉아 마룻바닥에 순서대로 늘어놓은 클립을 끼운 종이 뭉치만 빤히 내려다보고 있었다.

"아빠, 클래리스 캘러웨이 할머니가 어떤 남자랑 와 있어요. '이렇게 안 좋은 때 방해를 하긴 싫지만.' 이라고 말하면서요."

"하지만 어쨌든 방해를 하겠다는 말이구나, 그렇지?"

아빠가 한숨을 내쉬며 일어섰다.

현관에서 캘러웨이 할머니가 어떤 남자를 아빠에게 소개하는 소리가 들렸다. 그 남자는 할머니 옆에서 초조하고 화가 난 얼굴로 서류 가방을 들고 서 있었다. 아빠는 두 사람에게 들어오라고 말하며 엄마에게 커피를 좀 달라고 부탁했다. 그런 다음 세 사람은 거실에 앉았다.

나는 짐을 꾸리던 암실로 돌아갔다.

도시의 집에도 암실이 생긴다. 아빠는 이미 학생 두어 명을 구해서 오래 전에 가정부가 쓰던 3층 방에 선반을 달고, 수도관을 설치하고, 전기를 끌어왔다. 지난 여름 내내 내가 쓰던 암실보다 더 크고 시설도 훨씬 잘 되어 있을 게 틀림없다. 그러니 내가 의기소침한 이유는 암실 때문이 아니었다.

월도 식품 저장고였던 곳에 직접 암실을 만들고 있는데 이제 거의 다 만들었다. 그렇게 되면 내가 떠나도 월의 관심과 흥미와 기술은 계속 이어질 것이다. 그러니까 내가 필름 원판과 약품과 도구들을 꾸리면서 슬픈 이유는 따로 있다.

그것은 아마 월과 나, 우리 둘이 더 이상 함께 일할 수 없기 때문일 것이다. 누군가와 함께 있지 못하게 된다는 것은 견디기 힘든 일이다.

나는 이삿짐 상자를 테이프로 봉하고 '암실'이라고 쓴 다음 부엌 한쪽으로 옮겼다.

부엌에는 이미 상자가 여러 개 놓여 있었다. 엄마가 며칠 전부터 짐을 싸고 있기 때문이다. 상자들에는 '그릇', '요리 기구', '덮개'라고 쓰여 있었다.

그래서 우리는 일 주일 내내 야영하는 것처럼 살고 있다. 음식은 종이 접시에 담아 먹고, 냉장고에 넣어 둔 음식을 먹어 치우고, 엄마가 가꾸던 작은 텃밭에 마지막으로 남아 있는 것들로 음식을 만들어 먹었다.

'조각보 이불'이라고 쓴 상자도 하나 있었다. 이틀 전 밤에 엄마는 실을 자르다가 놀란 얼굴로 조각보 이불을 바라보며 말했다.

"다 끝난 것 같은데. 어떻게 끝내야 하지?"

엄마는 조각보 이불을 빙 돌려가며 빼먹은 곳이 없는지 찾아보았다. 어느 곳 하나도 엄마의 꼼꼼한 바느질이 미치지 않은 곳은 없었다.

엄마는 커다란 식탁에 이불을 활짝 펼쳐 놓았다. 몰리 언니와 나의 과거가 기하학적인 무늬를 이루며 조각조각 붙어 있었다. 온갖 색깔의 천 조각이 다 있었다. 가운데에 있는 연분홍색과 노란색 천은 우리가 아기일 때 입던 옷이었다. 좀 더 바깥쪽으로는 우리가 어릴 때 입던 작은 꽃무늬 천과 밝은 체크무늬 천이 정성스럽게 줄줄이 꿰매져 있었다. 가장자리에는 우리가 자라며 입던 색이 바랜 두꺼운 데님과 코르덴 조각이 있었다.

"정말이네. 정말 다 됐어."

엄마는 천천히 말하고는 조각보 이불을 접어서 상자에 담았다.

지금 나는 엄마가 거실로 커피를 내가는 소리를 듣고 있다.

한바탕 큰소리가 오가더니, 우리 집에 온 손님들이 화난 목소리로 빠르게 뭐라고 했다. 그러니까 엄마가 "그건 불공평해요."라고 차분한 목소리로 말했다. 내가 몰리 언니에게 자주 하던 것과 똑같은 말투였다.

엄마가 그렇게 말한 뒤 거실에는 잠시 동안 침묵이 흘렀다.

"우리끼리 이 얘기를 계속해 봐야 끝이 나지 않아요. 윌을 만나러 갑시다. 당신도 윌을 먼저 만났어야 하는 것 아닌가요, 헌팅턴 씨?"

아빠가 말했다. 그러고는 부엌으로 가서 전화를 걸었다.

"윌? 여기 조카가 와 있어요. 함께 그 쪽으로 가도 될까요?"

아빠는 윌의 대답을 들으며 씩 웃었다.

나는 윌이 뭐라고 말하고 있는지 상상할 수 있었다. 윌은 조카를 좋게 말한 적이 한 번도 없었다.

"윌, 그건 모두 알아요. 그래도 예의는 지켜야 하니까요. 그만 진정하세요. 조금 있다가 거기 도착할 겁니다."

아빠가 전화기에 대고 말했다.

"메그, 벤과 마리아에게 가 봐라, 알았지? 두 사람이 윌의 집에 가서 보스턴에서 온 조카와 얘기하고 싶다고 하면, 네가 해피를 봐 주겠다고 하렴."

아빠가 전화를 끊고 나를 불렀다.

아빠는 거실로 돌아갔고, "커피도 다 마시지 않았는데."라며 캘러웨이 할머니가 투덜거리는 소리가 들렸다. 그러자 "캘러웨이 부인, 정말 방해하고 싶지 않았는데 어쩝니까?" 라며 아빠가 대꾸했다. 아빠의 목소리만 들어도 그렇게 말하면서 아주 통쾌해하고 있다는 것을 알 수 있었다.

나는 해피를 돌보는 게 정말 좋다. 이것도 내가 도시로 돌아가기 싫은 이유 가운데 하나이다.

나는 해피가 자라면서 이것저것 배우는 모습을 볼 기회를 놓치게 될 것이다. 해피는 벌써 목을 가누고 주변을 둘러본다. 한 달밖에 지나지 않았는데, 갓난아기의 모습은 어느 새 사라져 버렸다.

이제 해피는 큰 눈, 우렁찬 목소리, 뚜렷한 개성을 갖춘 작은 사람이다. 마리아 아줌마는 해피가 벤 아저씨를 닮아서 엉뚱한 유머 감각을 지녔고 예의를 무시하기 일쑤라고 말한다. 아저씨는 해피가 아줌마를 닮았다고 한다. 논리적이지 않고 고집만 센 허풍쟁이란다. 아줌마는 그 말을 듣자마자 아저씨를 행주로 획 때렸다. 그러자 아저씨는 활짝 웃으며 "이것 봐, 내 말이 맞지?"라고 했다.

나는 해피는 다른 누구도 아닌 해피 자신이라고 생각했다.

나는 아줌마와 아저씨가 윌의 집에서 돌아오자마자 어떻게 되었냐고 물어 보았다.

"모르겠어. 말도 안 돼. 말도 안 되는 일이 벌어졌어."

아줌마는 눈을 동그랗게 뜨며 말했다.

"메그, 너한테 보여 줄 게 있어."

아저씨가 껄껄 웃으며 말했다.

아저씨는 벽장에서 결혼 앨범이 들어 있는 상자를 꺼내 왔다.

"그건 벌써 봤잖아요. 두 분이 결혼했다는 건 알아요. 아빠한테도 그렇게 얘기했고요. 캘러웨이 할머니도 더 이상 트집 잡지는 못할 거예요."

"그게 아니야, 이것 좀 봐."

아저씨는 칼라 사진이 붙어 있는 두툼한 페이지를 넘기며 원하던 사진을 찾아 냈다. 결혼식에 온 중년의 손님들이 샴페인을 마시는 사진이었다. 그 사람들 사이에 거드름을 피우며 술에 취해 약간 멍청해 보이는 사람이 있었다. 바로 윌의 조카였다.

"마틴 헌팅턴이야!"

아저씨는 배꼽을 잡고 정신없이 웃었다.

"믿을 수가 없어. 윌의 집에 들어서는데, 이 바보 같은 사람이 정장을 빼입고 서류 가방을 들고 서 있는 거야. 청바지에 수염까지 기른 나를 보더니, 무서운 전염병이 옮기라도 할 것처럼 가까이 오려고 하지 않는 거야. 너도 거기 있었어야 하는 건데, 메그. 나는 한눈에 누군지 알아보고 손을 내밀었어. '헌팅턴 씨, 저를 모르겠습니까? 벤 브래디입니다.'라고 말했지."

"그 사람을 어떻게 알아요?"

아저씨가 호탕하게 웃으며 대답했다.

"아버지가 운영하는 법률 회사의 직원이거든. 너도 그 광경을 봤어야 하는 건데. 헌팅턴 씨가 윌의 거실에서 입을 딱 벌린 채 서 있는 꼴이라니! 그러다가 점잔을 빼면서 이렇게 말하는 거야. '아, 벤. 저는, 그러니까 당신이 우리 친척 집에 살고 있는 줄은, 에, 생각도 못했어요. 에, 물론, 그러면, 이 소송 절차에 좀 거북한 요소가 끼어드는 셈이군요.'라고 말이야."

아저씨가 말을 이었다.

"아니, 소송 절차라니! 그 집 거실에서 잠깐 한 얘기를 소송 절차라고 하는 게 말이나 되니? 마틴 헌팅턴의 전형적인 수법이야. 어서 아버지께 알려야겠어."

"도대체 무슨 일이 벌어지고 있는 건데요?"

"나도 잘 몰라. 일단 아버지께 전화부터 하고. 하지만 나도 생각이 있거든. 윌에게 이 집을 살 생각이야. 아버지께 계약금을 빌려 달라고 말씀드려야지. 난 해피가 여기서 자랐으면 좋겠어. 너도 그렇지, 해피? 마리아, 우리 꼬맹이는 왜 만날 먹기만 하는 거야?"

아저씨가 어깨를 으쓱하며 말했다.

"아빠를 닮아서 그래요."

아줌마는 해피에게 젖을 먹이다가 아저씨를 보고 생긋 웃으며 말했다.

집으로 돌아와 보니, 엄마 아빠는 거실에서 다 식은 커피를 다시 데워서 마시고 있었다. 양탄자도 말아 놓았고, 창문에 걸던 커튼도 떼어 낸 뒤였다. 우리의 모든 것이 조금씩 조금씩 이 집에서 비워지고 있었다.

"벤 아저씨는 그 집을 사고 싶대요. 거기서 계속 살 거래요."

나는 한숨을 쉬며 신발을 벗어 놓고 양말과 바지에 달라붙어 있는 마른 풀을 떼어 냈다. 들판의 풀들이 시들고 있었다.

"그거 잘 됐구나! 그런데 넌 왜 그렇게 시무룩하니?"

아빠가 물었다.

"나도 몰라요. 우리가 여길 떠나게 돼서 그런가 봐요. 벤 아저씨네 가족은 내년 여름에도 여기 있을 텐데, 우리는 아니잖아요."

엄마 아빠는 잠시 동안 말이 없었다.

"들어 보렴, 메그. 이 집은 내년에도 여기 그대로 있을 거야. 이 집을 다시 빌릴 수도 있어. 엄마와 그 얘기를 해 보았단다. 물론 아직 확실하지는 않아."

아빠가 침묵을 깨고 말했다.

"여긴 슬픈 기억이 너무 많아."

엄마가 조용히 말했다.

"하지만 엄마, 내년 여름이면 더 나아질 거예요. 어쩌면 이 집에서 몰리 언니 생각을 하는 게 즐거울지도 몰라요."

"어쩌면. 기다려 보자."

엄마가 가만히 웃으며 말했다.

우리 셋은 자리에서 일어섰다. 엄마는 짐을 싸는 것을 마무리하기 위해 다시 부엌으로 갔다. 아빠는 이층 서재로 올라가기 시작했다.

"그런데 말이야."

아빠가 계단 중간쯤에 멈춰서서 말했다.

"내 책에서 '우연의 일치는 유치한 문학 장치'라고 쓴 부분이 있거든. 그런데 오늘 벤이 윌의 집 거실로 들어서며 '헌팅턴 씨, 저를 모르겠습니까?'라고 말할 때는 말이지……."

아빠는 잠시 생각에 골몰하더니 혼잣말로 중얼거렸다.

"그럼 제 구 장의 순서를 바꿔서 다시 배열하면……."

아빠는 천천히 계단을 올라가며 계속 중얼거렸다.

그러고는 계단 꼭대기에 서서 서재를 들여다보며 종이 뭉치들을 바라보았다.

"여보! 메그! 책이 다 끝났어! 그냥 순서만 바꾸면 되는 거였는데. 이제야 그걸 깨달았어!"

아빠가 몸을 돌려 아래층에 있는 우리에게 의기양양하게 소리쳤다.

그래서 아빠의 원고도 이삿짐으로 꾸려졌고, 아빠는 상자에 굵은 글씨로 큼지막하게 '책'이라고 썼다.

다음 날 이삿짐 트럭이 왔다.

윌과 해피를 안은 마리아 아줌마와 벤 아저씨가 작은 집의 진입로에 서서 손을 흔들었다.

9월이 끝나 가던 어느 날이었다.

"메그, 머리를 빗으렴. 갈 데가 있단다."

아빠가 강의를 끝낸 뒤 집에 돌아와 내게 말했다.

보통 때 아빠는 내가 머리를 빗었는지 안 빗었는지 잘 알지도 못하고 신경도 쓰지 않는다.

그래서 나는 특별한 곳에 간다는 것을 알 수 있었다. 나는 얼른 세수를 하고 운동화를 벗고 구두로 갈아 신었다. 그러고는 윗옷을 집어 들고 차에 탔다.

날씨가 쌀쌀해지고 있었다. 9월의 공기에서 호박 냄새, 사과 냄새, 낙엽 냄새 같은 게 났다.

아빠는 나를 태우고 대학 박물관으로 갔다. 돌로 지은 커다란 박물관 앞에는 청동으로 된 동상들이 서 있었다.

"아빠, 르네상스 시대 전시물은 천 번도 더 봤어요. 저더러 안내원을 따라다니며 또 보라고 하면……."

내가 넓은 계단을 올라가며 아빠에게 소곤소곤 말했다.

"메그, 좀 조용히 해."

"찰머스 박사님, 따님 일은 정말 유감이에요."

안내소에 있던 여자가 아빠를 알아보았다.

"감사합니다. 얘도 제 딸입니다. 메그, 이 분은 아마토 씨란다."

아마토 씨는 나와 악수하며 나를 호기심어린 눈으로 바라보았다.

"아, 그렇군요. 그랬어요."

아마토 씨가 놀란 듯이 말했다. 아빠에게 딸이 하나 더 있다는 것을 몰랐나?

"사진 전시회는 서쪽 건물에서 하고 있어요, 찰머스 박사님."

아마토 씨가 다시 말을 이었다.

사진 전시회라니, 처음 듣는 이야기였다.

새 암실을 꾸미고 학교에 다닐 준비를 하느라 정신없이 바빴으니 모르는 게 당연했다. 아빠와 함께 서쪽 건물로 걸어가며 갑자기 가슴이 철렁 내려앉는 것 같았다.

"아빠, 제 사진을 전시회에 출품한 건 아니죠, 그렇죠?"

"아니야. 네 허락도 없이 그런 일을 했겠니? 때가 되면 네가 직접 출품하겠지."

아빠가 고개를 가로저으며 대답했다.

넓은 전시실에는 하얀 벽마다 액자에 끼운 사진들이 즐비했다. 전시실 입구에는 고딕체로 '뉴잉글랜드의 얼굴들'이라고 정성스럽게 쓰인 간판이 걸려 있었다.

전시실을 둘러보니 내가 아는 사진가의 이름이 여럿 보였다. 유명한 사람들이라서 도서관에서 빌려 온 사진 관련 책과 잡지에서 이름을 본 적이 있었다. 모두 인물 사진이었다. 외딴 곳에 사는 늙은 농부들의 여윈 얼굴, 세파에 시달려 주름진 시골 아낙의 얼굴, 눈망울이 또렷한 아이들의 햇볕에 검게 탄 얼굴.

그리고 갑자기 내 얼굴이 눈에 들어왔다.

검고 얇은 액자에 끼운 커다란 사진이었다. 우연의 일치로 나와 비슷하게 생긴 다른 사람을 찍은 사진이 아니었다. 내 얼굴이었다. 내 얼굴이 카메라 앵글에 잡혀 있었다. 바람에 머리카락을 나부끼며 먼 곳을 바라보고 있었다. 꼼꼼하게 잘라 낸 사진의 가장자리 너머, 단단하게 고정된 틀 너머 저 멀리. 목과 턱과 반쯤 고개를 돌린 뺨의 윤곽은 희미하게 배경으로 자리 잡은 소나무 숲과 대비되어 더 뚜렷했다.

월이 나 몰래 찍은 사진이었다.

우리가 몰리 언니를 묻고 무덤에 미역취 꽃을 수북이 쌓아 놓은 그 날, 마을 묘지에서 찍은 것이었다.

내 얼굴에 몰리 언니를 닮은 무언가가 있었다. 그것 때문에 나는 사진을 보면서 깜짝 놀랐다.

내 얼굴을 뚜렷하게 드러내는 윤곽선, 어두운 나무들과 대비되며 내 이마와 뺨에 흐르는 빛이 만들어 낸 선은 예전에 내가 몰리 언니의 얼굴에서 본 바로 그 선이었다. 어깨를 움츠린 자세도 언니가 하던 그대로였다. 월은 카메라를 들고 500분의 1초의 빠르기로 셔터를 눌러 그 순간을 포착했고 내 안에 있는 몰리 언니를 영원하게 만들었다. 고맙고 또 기뻤다.

나는 가까이 가서 사진 아래에 쓰인 제목을 읽었다. '용담 꽃'이었다. 그 옆에는 '윌 뱅크스'라는 윌의 서명이 있었다.

"아빠, 그 곳에 가야 해요. 윌을 만나야 해요. 윌과 약속했어요."

아빠는 주말에 나를 데려다 주었다.

나는 차 안에서 지난 겨울 우리가 처음 시골로 올 때 이 길이 얼마나 멀게 느껴졌는지 생각해 보았다. 이제 그 거리가 짧게 느껴진다. 아마도 낯익은 장소가 되어 가깝게 느껴지는 것 같다. 아니면 나의 몸과 마음이 자라고 있기 때문일지도 모른다.

윌은 트럭 보닛을 열고 머리를 들이밀고 있었다. 우리 차가 진입로에 들어서자 윌은 허리를 펴고 손을 닦으며 싱글싱글 웃었다.

"이번엔 점화 장치가 말썽이야."

"윌, 이제야 용담 꽃을 보러 왔어요. 잊고 있었어요."

"늦지 않았단다. 지금이 제철이야."

아빠는 윌의 집에 남았고 나는 윌과 들판을 가로질러 걸어갔다.

꽃이란 꽃은 거의 다 지고 없었다. 벤 아저씨와 마리아 아줌마네 집도 텅 빈 채 굳게 닫혀 있었다. 그래도 아줌마가 만든 커튼은 창문에 그대로 걸려 있었다. 아저씨가 하버드 대학교에서 석사 학위 마지막 과정을 끝내기 위해 식구들이 모두 떠난 것이다.

"돌아올 거야."

월이 벤 아저씨네 집을 바라보며 말했다.

페인트칠도 아직 산뜻했고, 텃밭은 채소가 남아 있지는 않았지만 잡초 하나 없이 말끔했다.

"이제 저 집은 벤과 마리아의 집이야. 아마 내년 여름에 너는 해피가 걸음마를 배우는 걸 도와 줄 수 있을 거야."

아마도.

새로 올 여름은 꽃들과 인생이 새롭기만 한 아이의 웃음으로 가득 차겠지.

월은 곧장 전나무와 자작나무가 우거진 숲의 가장자리로 갔다. 나는 몇 달 전에 월이 일러 준 장소가 잘 기억나지 않았다. 하지만 이 곳은 월의 땅이었다. 월은 이 곳에서 살아온 만큼 이 땅을 잘 알고 있었다.

월은 큰 나무 아래 있는 덤불을 헤치고 용담 꽃이 피어 있을 곳으로 나를 이끌었다. 아주 조용한 곳이었다. 땅에는 이끼가 많이 끼어 있었고, 아름드리 나무들 사이를 뚫고 들어온 햇빛이 조각보 이불의 조각처럼 짙푸른 숲 속 여기저기를 비추고 있었다.

자그마한 용담이 외따로 무리지어 있었다. 축축한 땅에서 해를 향해 곧게 자란 줄기 끝마다 보라색 꽃이 달려 있었다. 월과 나는 함께 서서 꽃들을 내려다보았다.

"내가 가장 좋아하는 꽃이란다. 아마 가장 늦게 피는 꽃이라서 그럴 거야. 또 누가 보든 말든 상관 않고 홀로 자라기 때문이기도 하고."

"정말 예뻐요, 월."

정말 예쁜 꽃들이었다.

"장미가 되려고 했네."

월이 말했다.

나는 월이 시를 읊고 있다는 것을 눈치챘다.

"그렇게 되지 못하자 여름은 깔깔대고 웃었네. 그러나 눈이 오기 바로 전, 보랏빛이 온 산을 뒤덮었네. 여름은 이마를 감추었고 비웃음은 사라졌네."

"월은 시인이 됐어야 했어요."

나는 월과 발걸음을 돌려 숲에서 걸어 나오며 말했다.

"트럭 수리공이 되는 게 더 쓸모 있었을 거야."

월이 껄껄 웃었다.

돌아가는 길에, 나는 월에게서 조금 떨어져 걸었다. 들판의 모습을 빠짐없이 머릿속에 담아두고 싶었기 때문이다.

미역취는 다 지고 없었다. 키 큰 풀은 바짝 말라 누름스름한 빛을 띠고 있었다. 꼭 오래 되어 빛 바랜 사진을 보는 것 같았다. 마음 속에 몰리 언니의 모습이 영화의 빠른 연속 화면처럼 멈췄다 이어졌다 하면서 떠올랐다. 언니는 꽃을 한 아름 들고 초록빛 풀밭에 서 있었다. 머리카락을 바람에 나부낀 채 살짝 웃으며 손을 내밀어 이 꽃 저 꽃을 만지고 있었다. 언니가 어깨너머로 돌아보며 소리 내어 웃자, 둥둥 떠다니던 꽃가루들이 햇빛을 받아 무늬를 이루며 언니 주변을 맴돌았다.

어딘가에는, 몰리 언니를 위해서 여전히, 아니 언제나 여름인 곳이 있을 것 같다는 생각이 문득 들었다.

들판 너머로 우리가 살았던 작은 집이 눈에 들어왔다. 그리고 내 앞에서 걸어가고 있는 월이 보였다. 월이 묵직한 지팡이로 풀을 헤치며 집으로 가는 모습을 보았다. 나는 월이 지팡이에 기대어 걷고 있으며 지팡이의 도움을 필요로 한다는 것을 깨달았다. 바위가 울퉁불퉁 튀어나온 들판을 걸어가는 것이 내게는 쉽지만 월에게는 더 이상 쉽지 않았다. 나는 벤 아저씨가 나쁜 일이 생길 수도 있다는 것을 인정하고 받아들여야 한다고 했던 말을 기억해 냈다. 나는 월을 보며 언젠가 월도 내 곁을 떠날 것이라는 사실을 받아들였다.

나는 뛰어가서 월을 따라잡았다.

"월, 내 사진이 대학 박물관에 전시된 거 알고 계세요?"

월은 고개를 끄덕였다.

"신경 쓰이냐?"

월이 물었다.

"제가 예쁘게 나왔어요."

나는 고개를 저으며 수줍게 말했다.

"메그."

월이 웃으며 한 팔로 내 어깨를 감쌌다.

"넌 언제나 예뻤단다."

함께 웃고 웃을 가족과 친구가 있다는 것

이 책을 옮기고 난 뒤, 며칠 지나지 않았을 때였습니다. 전화한 통을 받았습니다. 언니가 암에 걸려서 수술을 받는다는 애기였어요. 청천벽력 같은 소식이었지요. 보름 전에 함께 아버지 제사에 다녀올 때도 언니는 아무런 내색도 하지 않았는데……. 하지만 언니에게 곧바로 전화할 수가 없었습니다. 찾아가서 만날수도 없었습니다. 그냥 가슴이 먹먹해지고 두렵기만 했습니다. 어떻게 말을 꺼내야 할지, 무슨 애기를 해야 좋을지 알 수 없었지요. 지난 두어 달 동안 가족들에게 말하지 않은 언니에게 섭섭한마음이 들었지만, 온갖 검사를 받으러 혼자 병원을 들락거렸을언니를 생각하니 나도 모르게 눈물이 앞을 가렸습니다.

열세 살 소녀 메그도 언니인 몰리가 얼마나 아픈지 모르고 있었습니다. 그까짓 코피쯤이야 금방 나을 거라고 생각했지요. 그래서 부모님이 언니의 검사 결과에만 정신이 팔려 있는 것이나, 언니가 퇴원한 뒤에도 안절부절못하며 시중을 드는 모습이 못마땅하기만 했답니다. 그러던 어느 날, 메그는 언니가 죽어가고 있다는 것을 눈치채고는 하염없이 눈물을 흘립니다. 툭하면 다투고, 금을 그어 방을 나누어 놓고, 볼 때마다 열등감이 느껴지는 언니였지만 더 이상 보지 못하게 된다는 건 생각도 못 하던 일이었으니까요.

죽음은 외로운 것이지요. 죽음을 앞둔 이에게 우리가 해 줄 수 있는 것이라곤 옆에 있는 것 말고는 아무 것도 없으니까요. 그래서 떠난 사람이 머물던 자리에는 커다란 슬픔만 덩그러니 놓여 있나 봅니다. 하지만 몰리의 장례식이 끝나고 메그가 한 말처럼, 시간은 계속 흐르고 남아 있는 사람들은 여전히 있던 자리에서 살아가야 하지요. 시간이 지날수록 안 좋았던 일보다는 좋았던 순간들을 더 많이 기억날 테고, 그러다 보면 텅 빈 침묵도 조금씩 이야깃소리와 웃음소리로 채워질 테니까요. 뾰족하던 슬픔의 모서리도 기억으로 닳아 없어지게 되겠지요. 그렇게 살아 있는 자들은 슬픔을 나눠 갖게 됩니다.

로이스 로리는 이 작품에서 언니에 대한 질투와 열등감이 막 사랑으로 변하고 있는데 언니가 곧 죽는다는 사실에 직면하게 된 어린 소녀의 눈을 통해 '죽음'이라는 문제를 담담하게 풀어 냈습니다. 한 소녀의 복잡하고 미묘한 감정을 통찰력 있게 파헤치면서, 누구나 두려워하는 죽음이 결국은 우리 가까이에 있다는 걸 말해 주고 있지요. 어쩌면 어릴 때 사랑하는 동생을 잃은 작가의 경험이 주인공 메그의 모습에 그대로 녹아 있는 게 아닐까 싶기도 합니다. 전투기 조종사였던 아들을 잃은 작가의 아픔이 메그의 부모에게 투영되어 있는지도 모르지요.

또한 로이스 로리는 이 작품에서 잔잔한 일상을 함께 그려 내면서 우리가 힘든 일을 겪을 때 가족과 이웃의 사랑과 보살핌이 얼마나 소중한지도 보여 주고 있습니다. 메그의 말처럼, 함께 울고 웃을 친구와 가족이 있다는 것은 정말 좋은 일이니까요. 지금 가까운 누군가를 저 하늘로 보내고 슬픔에 잠겨 있는 사람이 있다면, 그에게 함께 울고 웃을 수 있는 소중한 가족과 이웃과 친구가 꼭 있기를 바랍니다.

오랜만에 언니에게 전화를 했습니다. 항암치료를 받느라 머리가 다 빠져서 가발을 샀다는 말에 가슴이 싸하게 아리긴 했지만, 씩씩한 목소리를 들으니 한결 마음이 놓입니다. 주말에는 맛있는 음식이라도 들고 가서 얼굴을 보고 오렵니다.

2007년 여름
옮긴이 고수미

〈뉴베리 상〉 수상 작가 '로이스 로리'의 책들, 함께 읽어 보세요!

그 여름의 끝 (성장소설)
그 소년은 열네 살이었다 (성장소설)
최고의 이야기꾼 구니버드 (동화)
우화 작가가 된 구니 버드 (동화)

로이스 로리(Lois Lowry)

1937년 하와이 호놀룰루에서 태어났으며, 1970년부터 본격적으로 소설을 쓰기 시작했다. 어렸을 때 죽은 하나뿐인 언니를 추억하며 쓴 『그 여름의 끝』을 시작으로 청소년과 어린이를 위한 책을 30권 이상 썼으며, 『별을 헤아리며』와 『기억 전달자』로 '뉴베리 상'을 두 차례 받았다. 그밖에 지은 책으로 『파랑 채집가』, 『무자비한 윌러비 가족』, 『행복지킴이 키퍼』, 『그 소년은 열네 살이었다』, 『그 숲에는 거북이가 없다』, 『최고의 이야기꾼 구니 버드』, 『우화 작가가 된 구니 버드』 등이 있다.

고수미

제주에서 태어났으며 고려대학교에서 영어교육을 공부하고 한겨레 어린이책 번역과정을 수료했다. 번역가 모임 '작은 우주'에서 활동하고 있으며, 옮긴 책으로 『내가 꿈꾸는 침대』, 『나무 위의 호랑이』, 『아벨라 그리고 로사 그리고…』, 『슈와가 여기 있었다』, 『그 여름의 끝』, 『말해 봐』, 『마르셀로의 특별한 세계』 등이 있다.

곧 성인이 될 풋풋한 우리 10대,
Young Adult가 좋아하는 책

핵 폭발 뒤 최후의 아이들 구드룬 파우제방 | 보물창고
'인류의 양심을 뒤흔들어 깨우는 이야기'라는 찬사를 받은 작품. 눈을 감아 버리고 싶을 정도로 냉혹하고
잔인하지만, 아이로니컬하게도 한시도 눈을 뗄 수 없는 소설.
★해법독서논술 필독서 ★문화관광부 선정도서

플립 웬들린 밴 드라닌 | 에프
영화 〈플립〉의 원작 소설. 생기발랄 소녀 '줄리'와 소심 소년 '브라이스'의 풋풋한 첫사랑, 그리고 눈부신
성장! 가슴 벅찬 결말에 이르는 이 환상적인 작품에 독자들은 완전히 사로잡힐 것이다.
★학교도서관저널 선정도서

씁쓸한 초콜릿 미리암 프레슬러 | 에프
"난 먹지 않을 거야. 먹지 않아." 우리는 어쩌다 이런 강박에 빠지게 되었을까. 긴 다리, 날씬한… 등등, 획일
화된 현대사회의 미적 기준에 '굿바이'할 수 있는 소설이 우리를 찾아왔다.
★한우리독서토론논술 중고등 추천도서

그 애를 만나다 유니게 | 푸른책들
완벽하다고 믿었던 일상이 한순간에 무너진 순간 '그 애'가 나타난다. 자신이 진정으로 바라는 모습이 무엇
인지 고민하며, 절망을 희망으로 바꾸어 나가는 주인공의 성장기.
★책따세 추천도서 ★아침독서 청소년 추천도서

너를 읽는 순간 진희 | 푸른책들
문득 너를 돌아볼 때, 너라는 한 존재를 찬찬히 읽는 그 순간에, 너의 시간에서 외로움은 한 움큼 덜어질 거야.
내일을 꿈꾸며 너는 오늘을 씩씩하게 살아 낼 힘을 얻게 될 거야.
★한국문화예술위원회 문학나눔 선정도서

나는 지금 꽃이다 이장근 | 푸른책들
중학교 〈국어〉 교과서에 실려 청소년들의 애송시가 된 표제작을 비롯하여 70편의 시에 '상상력의 씨앗이
싹을 틔워 울창해지기'를 바라는 교사 시인의 소망이 오롯이 담겼다.
★문화관광부 우수교양도서 ★학교도서관저널 추천도서

별에서 별까지 신형건 | 푸른책들
중학교 〈국어〉 교과서 수록 시 「넌 바보다」를 비롯하여, 자신의 속마음을 알아줄 누군가를 기다리며 감성적
인 공감대에 목말라하는 청소년들이 일기장에 한번 써 보고 싶은 시들이 가득!
★한국출판문화산업진흥원 청소년 권장도서